人間世

我们时代的精神状况

余世存 著

九州出版社
JIUZHOUPRESS

图书在版编目（CIP）数据

人间世 / 余世存著. -- 北京 : 九州出版社,
2014.6
ISBN 978-7-5108-3031-0

Ⅰ. ①人… Ⅱ. ①余… Ⅲ. ①随笔—作品集—中国—当代②杂文集—中国—当代 Ⅳ. ①I267.1

中国版本图书馆CIP数据核字(2014)第127354号

人间世

作　　者　余世存　著
出版发行　九州出版社
出 版 人　黄宪华
地　　址　北京市西城区阜外大街甲35号(100037)
发行电话　(010)68992190/3/5/6
网　　址　www.jiuzhoupress.com
电子信箱　jiuzhou@jiuzhoupress.com
印　　刷　三河市九洲财鑫印刷有限公司
开　　本　700毫米×1000毫米 16开
印　　张　21
字　　数　245千字
版　　次　2014年9月第1版
印　　次　2014年9月第1次印刷
书　　号　978-7-5108-3031-0
定　　价　39.80元

天地有大美
而不言

甲午此存

目录

人間世

第三部分 时空演化

九/自然

十/时空

十一/易道

第四部分 个人选择

十二/人格

十三/情爱

自序

精神与生活

2007年。深圳。

我对前来听诗歌的朋友们说，我代表了这个时代的“最高精神”，只是我跟时代俗风之间相互都有敌意。

这话几乎是一句谶语。

时代要承受我的白眼，审判；我也承受时代的冷淡，边缘。

更早的时候，我写过这样的句子：我在你们中间行走，你们却看不见我。你们都背叛了我。

物质和精神的演进并不同步。在我们社会物质日益丰富的时候，精神却在极度地萎缩。意识到精神的花果飘零到个人这里，意识到文明的薪火传承到自己这里，则经历了“苦难的历程”。这个过程难为外人道。

除非不得已，没有人愿意听从这样的“天命”，因为时代社会如此“作享”。多年前写诗：“你紧闭的肉体就是我/全部的精神之谜，而精神/我们曾想象有无数可能。”这几乎同样是诗谶：几代人青春少年

时曾对精神有过无穷的想象，步入社会后只是沉溺于肉体的放纵或养生健身。

“灵台无计逃神矢。”

在“四顾苍茫一无凭借”的日子里，我几乎放弃了个人的言说，追寻起人的目的。我知道，比起时代的大V、几十万乃至百万计千万计的粉丝偶像，跟那个在绍兴会馆反思的精神一样，精神从来不是登高一呼应者云集的英雄；权力和市场如无监督问责，都一样走向“劣币驱逐良币”，我们的网络或娱乐狂欢，更是跟精神相去甚远。但精神自有道义、气节、尊严。

从拒绝进入体制生活，到不出国门，到放弃以公知或贤达的形象呈堂证供，“宁将曳尾于涂中”。从发现时间空间、发现发明易经，到“温情与敬意”地看待历史，“同情之理解”时代社会。……在弃绝中、在服务中，我与时代既在实现“和解”，又在“提撕”。

人是目的。人的目的，在于不断地超越，正心诚意修齐治平；个人史家族史国族史人类史；如此极高明而道中庸，致广大而尽精微，尊德性而问道学。

天象会乱，秋天会有“秋老虎”，冬天会有小阳春，“残忍的”四月会有“倒春寒”；世道会乱，“天不生仲尼，万古如长夜”。但我们人类仍会努力调时、定时，观乎天文，以察时变，观乎人文，以化成天下。

以精神维度论，这是我们三十年来和近二百年来的多个周期的冬天，是文明世界五百年来和两千年来多个周期的中年。尼采预言过中年文明的虚无，纳博科夫形象地命名了中年的“萝莉控”和“大叔控”，

自序

弗洛伊德、斯宾格勒、布莱希特、雅斯贝尔斯、萨特、马尔库塞们看见了人的存在和时代的精神状况……现代运动以来众多的哲人、作家看到这些危难并参与到救赎之中。

我们中国人也以自省和世界眼光参与到这一运动中，从五四先贤的"国民性"到孙隆基、金观涛们的"深层结构"，到柏杨的"丑陋"和"酱缸"……

这一本受惠于当代传播介质变化的微博体心思，算是参赞这一运动的最新作品。我要向读者朋友抱歉的是，我没能跟大家分享更系统的思考，过去的《十年书》尚不及本书的广大精微，新的言路还未成型。让我个人略感宽慰的是，这本书断断续续写来，历时三年，几乎每天早上我都花费半小时甚至更长的时间，打磨几句话、一二百个汉字。因此，我是跟朋友们和社会一道，经历着考验、经历着成长。在此要提请大家铭记黄秀丽的功德，是她的辛苦努力，将一两千条散乱的微博文字编排成一个多少可观的体系。

虽然我也受着探究物质结构、宇宙演化、生命起源、智能本质、社会转型等谜的诱惑，但自由、民主乃至安全、信赖、公益和学习等现代社会的价值仍是需要我们为之服务、献祭的，也是需要我们时时"三复斯意"的。我相信，读过本书的人，能够重温青春少年的精神可能性，会理解冯至的诗："不要觉得一切都已熟悉，到死时抚摸自己的发肤，发生了疑问，这是谁的身体。"

是为序。

第一部分

时代寓言

一/世象

世象一

有人对他的作家朋友开玩笑，跟你在一起真是轻松家常，谁能想到你曾大红大紫过，一部小说就曾经发行百万册……作家说，那都是身外之物，重要的是要活自己的。在我们这样一个社会里生存半辈子，我们还全须全尾，无大病大灾，没有时代感、身份感、网络感，健康平实地过日子，这得多大的福报。

一个朋友昨天早上八点出门，应酬，两顿饭局、一个会议、一个下午茶叙，“接见”四拨儿人，周末“过得很充实”，晚上八点在冷冷的寒风中打车回家，累得直想回家，连连说，受不了。我听了苦笑说，家其实只是我们的旅馆了。这种悖谬无处不在。不要一味地抱怨我们的社会出了问题，我们就是问题本身。

第一部分 时代寓言

几个朋友在一起闲谈，一人感叹，人生就像还债一样。一人响应，这样想就对了，我们普通人的人生就是来还债的，而圣贤者就是来尽责任的。一人补充，还债也好，尽责也好，都是示现个人自我的明德至善。一人校正，前半生积德或积业力，后半生还债消业或散财布道，如此资源均衡，德性流布。

有出版者为一作家向他的朋友道歉，他没有操作成功，那部作品本可以畅销的。朋友说，你不必道歉，我了解那个作家。你真让他一部作品畅销了，也就毁了他了。他至少还有十年左右的创作收获期，你就让他在寂寞里从容收获吧。绝对孤独中的创造生活跟聚光灯下的热闹游戏，是不相兼容的两个世界。

有媒体要做《大民小国》的读者见面会，要我请一个学者朋友，我请了在公司就业的读书种子。媒体希望换人，说他不是学者云云。我只好拒绝这个活动。朋友说，学者头衔需要认证吗？只是学界的人才配享有吗？开放社会的官产学创造之间是通畅的，出入自如。我们这里倒好，都在被给定的名分下动弹不得啊。

有朋友对一作家说，别总是怨天尤人，以为自己怀才不遇，怪时代，怪国家。向国家争取的是自由、是人的权利，至于生存则该向市场去争取。你相信市场，市场才是属于你的，你就能活得好。横眉、清高应对专制而言，在市场上赚吆喝、挣生活不丢人。你们走了极端，要体制养着，在体制外摆清高、道德的姿态……

一个朋友说，社会戾气之大真想让人破口大骂，但他又感叹，自己不会骂人了，有时想骂也骂不出来。朋友说，从骂到不骂是一个正常的进境，到了不骂才有了人格的自尊自信。我深以为然。清除自身的卑劣，并消化周围朋友的戾气，几乎是检验当代人人格和学识的试金石。我们的卑劣大概永远难以理解“满街圣人”的眼光和心地。

从乡野回京城两年来，经常听人讲官界、商界、学界的逸闻趣事，多匪夷所思。讲述者还不忘问一句，你想象得到吗，你编故事编得出来吗？我只有苦笑。我的朋友说，他从未在中国作家笔下看到比现实更有想象力的东西。但是，这种人性坎陷的想象力不要也罢，其中少有善者，没有赢家，无有笑到最后的人。

跟几个老朋友聊天，大家多年不见，很是亲切。大家各自讲述自己的状态和思考，发现彼此都未“背叛”自己的当年。多年下来，大家的生计问题依然没有彻底解决，也许永远不会彻底，倒是各自的人生活得更坚毅、更有把握。这是岁月冲刷沉淀下来的“棱角”们，他们仍在对镀金时代说不，做历史的清道夫和推手。

一个朋友被父母亲的情感依赖压榨得喘不过气来，恨恨地说，你们失职，没有把五四精神发扬下来。这令人同情。我们确实有不少人仍活在传统的情感观念中，亲亲为大，亲亲相隐，以为既然是亲人就天经地义对对方拥有一份产权，可以占有或假借。人们活在希望或幻想之中，而亲人是我们活着的希望和价值所在。

第一部分 时代寓言

一外国学者向我的朋友说，中国多好啊，每天都有新鲜的东西去体会，以至于他写文章都有目不暇接之感。朋友正色道，无论好的文章，还是创造性生活，都是闲出来的。如果忙碌也能出产品，那必定是有中国特色的假冒伪劣货色，可以欺骗一时，不能骗人一世。老外说，说得好，只是进了中国圈子就很难出来了。

有朋友感慨，看微博文字，感觉人们的心灵都公共化、空洞化了。除了晒自己的私事或追逐社会事件，精神层面的、心灵层面的、人生正义的……很少很少。一如官家不公示财产是不义的一样，一个很少交代自己立身处世基点的言论者也不具备正当有效性……这大概是我们社会“众神喧哗、上帝无言”的原因之一。

有中年人号称百事通，他对我的朋友说，别的人我都能懂，甚至没见过面的名人读其书看其微博就知道他是什么人，为什么跟你接触这么久都不太懂呢？朋友不给情面地说，你这样的人也就是一个混混，总是想把别人变成你手里的行货，把世界分类归档成你的收藏，你们没有爱，没有精神探索和灵魂冒险……

有中年人对人说，老话讲人到知命时间多，以前不觉得，现在真是大把大把的时间不知道怎么打发，光跟人吃吃喝喝不是办法。幸亏老祖宗传下琴棋书画，有时画一张画一两个星期……一年轻人想，何不上网？一年轻人想，怪不得要破四旧？一年轻人想，人生虚无如此，还叫知命，我决不能活成这样可憎的中年……

有农民朋友对某学者说，经常看到你们大知识分子得便宜卖乖，明明享受了这个社会的诸多好处，却一点责任都不负，还要我们去欣赏你们的闲适、趣味。作协的人说自己是“鲁东布衣”，社科院的人说自己是“滇南野士”。你们是布衣了，置我们于何地呢？你们不觉得自己无耻吗？你们不觉得自己无聊吗？

不时传来身边年轻朋友买房了的“喜讯”，最有魄力的一位月还贷五万。朋友笑说，好啊，孟子说这是得民心之举措，有恒产者有恒心，我们这个社会眼见得越发稳定了。朋友感慨说，也希望有更多的人以善为恒产，以义为恒产，以自我为恒产，以美为恒产……至于无恒产而有恒心者，不惟小平头知识人为能就更好了。

一位进城数年的年轻人对朋友感慨，城里的热闹真多、饭局也多。朋友说，这是正常的啊。年轻人摇摇头说，不，这不是正常的，有一次两次的体会也就够了，我们还是得抓紧时间用功。热闹是别人的，饭局也是局，不要入别人的局。乡下人常说，吃了你们有钱人的饭，误了我这无钱人的工。就是这个道理。

有中年人想考个文凭，说这个社会还是有个文凭好。他的年轻朋友不客气地批评，你想做什么，怕了这个社会，也想混日子？坚持了半辈子就这么放弃，这么不自信了？真正自信的人需要文凭来证明吗？再说，你还好意思抢我们的饭碗？……中年人自嘲，是啊，真是脑子进水，跟你们这样竞争，也是不公平的。

朋友拉去看土豪金们的房子，他们把园林、山水、洋派、传统都缩微到小区和房屋中。同去的朋友连声感叹，高端大气上档次；但他又悄悄地说，这个世道颠倒了，他们也无所逃于天地之间，这样的世道这样的生活只能叫示众或现眼，即使他们躲得这样隐秘，他们还是现眼。

某大学系主任让其子请一作家吃饭，说这个作家不容易，儿子不解，又不认识人家，人家穷得连饭都吃不起吗，系主任说就是个意思。儿子打听到作家的联系方式，如愿请饭，席间不解，作家也不解，最后哈哈大笑，你爸中了陶渊明和鲁迅的毒："慰情良胜无"，"聊以慰藉那在寂寞里奔驰的勇士，使他不惮于前驱。"

据说北京的离婚率最高，有些人来北京工作后不久就离婚了。想起一个离婚的朋友，他说离婚就像在鬼门关走了一遭。有人劝他，你以为惊心动魄的人生，在社会学家那里，只是一个统计数字，只是一个重复无数的社会现象，好好把握新生活吧。朋友生气地说，纵然如此，这对我仍是惊心动魄的，仍是有意义的。

世象二

我们的资源、知识分布的不均衡是一个严重的问题，我们的自以为是更是极端不均衡的。前不久，一个云南的朋友打电话，问我是否知道一个叫“张木胜”的人，这个人的学问怎么样。我愣了一会儿，明白他说的是张木生。我说这是去年曾热闹过的人啊，朋友说他们圈子里正在谈论他的书。用得上这样的话，“其兴也勃，其亡也忽。”

不少朋友表示要在若干年之内解决生计问题，我回北京听到较多的话是实现“财富的自由”。我得承认，我也曾有过如此幻想。这种春梦做做可以，千万别当真。社会学家注意到，我们的社会结构先于制度定型。平民大众要实现财富自由不过是骆驼进针眼，或如权贵进天堂。遗憾的是，很多人都以为自己会是幸运儿。

第一部分 时代寓言

我们很少有不热衷于纸上谈兵的。经常看到朋友推荐的文字，对我国的内政外交进行检讨，指明有利有理的选择。"精辟！""透彻！""分析到位！"……人们为当局者谋划，像哄孩子一样劝说只要如此如此就是一个好孩子……论者苦口婆心，读者读得感动。

老话讲"穷文富武"，穷者可以通过从文弄文改变命运；后来明白此话的片面。文化既需要基本的物质条件，更需要生命的尊严和精神。看一些穷酸者弄文背后的心思固然可伤感，看一些穷得只剩下钱、若干套房子、吏皮官相和闲得无聊的人舞文弄墨造论秀智，更觉得杯具：他们要进入文化的堂奥比骆驼进针眼还难。

在一个国家级贫困县，遇到一个大字不识却很精干的农民，因为承包着数万亩山地，养殖、种植，颇有成果。几万棵落叶松散种其间，一群群的山羊在蓝天白云下的山坡间……有人说，生活在这里，会忘了时间。人们跟他算账说他的资产近亿，农民咧嘴笑了。他的儿子在省城上贵族学校，他一脸骄傲。

我一直奇怪我们假日经济倡导多年，驴友倾国，但当代汉语里的游记体文字没有什么起色。朋友告诉我说，"老外去旅游，关手机，不上网，享受自己的天地。你们这些中国爷，出个门，先找人接待，旅游都要扎堆。"这倒是真的，这也是面子问题，"到哪个地方都有人接待，有酒喝，有美女陪……"我们对自然、自在、自我……真的很少有感悟的。

人間世

经常听到看到名人流泪的报道，有人尤其爱秀流泪的画面，爱说自己流泪的情景。其实没有太大的必要，眼泪不是终点。在悲伤之时扪心自问，自己做得如何？如果努力过并仍在努力，那么眼泪又算什么呢？年轻人流泪是美好的，但若中老年人动辄泪哭人生就不免丑了，人生社会的高贵也在表达的节制和尊严……

拜流行权威是很多人参与的社会游戏。这个游戏使国人热衷于无事忙，其中表现之一是热衷于授奖和领奖……你还在受难，大家已经在欢庆了。我曾玩笑说，我们日常生活中的聚会、餐叙，也是参与这种大大小小的“领奖”过程。人们介绍时总是说，这个人你不知道哇，他就是著名的某某某；那个人哦，他是大作家某某；这个人跟一般企业家不同，很有思想……

宋朝人说过一句话：“笑骂由人笑骂，好官我自为之。”其心性在今天被很多人发扬光大。华夏精英阳气不足，集体败落，宋朝可以说是一个转折点。从那时起，上流精英阶层多为小人病人。韩寒曾说：“明明都是下流的人，为什么凑一起就叫上流社会？”

在我们的文化中，经常是活着活着就活成了“遗民”。对四五十岁的两三代人来说，身边的同学、亲友多有进监狱的、暴毙的、人间蒸发的、流亡的、移民的……转眼间，大家成了自己世道中的“遗老遗少”。对这个正在进行中的社会，人们似乎是旁观者，难以创造，或难以自己的创造去教训它、提撕它。

据说上世纪50年代，北京还有前清遗下的老太监。有个老太监把当年风光时已落难的王爷侯爷接到一间小平房里，相依为命。无产阶级的老太监每天外出像骆驼祥子一样拉车挣生活，来养活继续不劳而获的主子。主子睡床，他睡地下。主子吃馍，他喝稀粥。有情有义有礼有节，老太监每天请安：主子，您今天吉祥！

经常听人说，他/她的经历太特别太有意义了，那些故事要是你能写出来，绝对是一部精彩绝伦的小说，读懂中国，读懂人性。这种自以为世界上最独特却无能表达的人生跟中特理论一样，应该明白，所谓的独特只是虚拟。他或她诚然需要外人来梳理出什么人生“模式”，但任何人都代替不了自己的思考：否则自己永远站不起来。

有一学者说，他曾经想花点儿心思挣钱。有老板劝他，算了吧，你的长处是读书、思考，提供文字产品，我的长处是挣钱，消费文字产品，这样才互补啊。学者苦笑，你们商人抢了钱不说，还多在抢我们的饭碗，你们已经一身多任了，你们是成功人士，商而优，你们会写励志书，还会写转型建言书身心灵书思想书……

有诗人说，他也贪心过，恨不能一夜暴富。朋友宽慰说，你没那个暴富命，你贪但你是以诗、语、思立身处世，你仍能成为“时间的玫瑰”，这就了不起。不要去羡慕富贵者，周围那么多千万亿万家产的人，他们是跟多少人打交道，陪笑赔身赔心后才换来的阿睹物，你活得简单，没受什么侮辱和损害，已经不错了。

据说我们多愿意跟外人相处，而少有精力跟父母家人相处，以至于再不回家看老人就算违法了。没有两三代人的家庭生活难以说有什么家风家教，我们多是“失教”的，既没从上一代得到多少教益，也难以向下一代传承自立自信的经验。要命的是，我们很多人对此无知，我们是传统批评中所说的缺家教的几代人。

有朋友来北京，他北京的朋友因此能聚在一起。等饭的时候很安静，大家都在看自己的手机。朋友说，看来服务员只要给大家发图片就可以开饭了。大家乐了，感慨而又无奈。是的，不管我们多么成功或多有文化，只要在这面对面的交流中无话可谈，或只看手机，那不仅是没礼貌，而且参与了技术对生活的绑架……

听不同行业的人演讲，他们谈自己的人生奋斗多有个性、故事，最后他们多半要向某一种“社会主流价值”靠拢。这个发现很有趣，无论人们表现得多么特立独行，他们仍要归属一个群体的价值，他们仍要表明自己在“知识正确”的一边。他们只是知识正确的，他们尚不能自信自己就是知识的发源地、是原创而普适的。

据说年轻朋友们的生存压力多为外力，其中之一是父母亲友无形的压力，父母希望看到他们置业、成家、生子……这种亲人、代际之间的爱是如此附加着条件，以至于很多子女还未如何，也开始管理父母的生活，他们以为父母辛苦一生，不会生活，离开他们就处于水深火热之中。

“通天”是我们社会特有的术语。经常看到三五人群聚会的场合有人高谈阔论，众人听得聚精会神；若有人问那人是谁，总有这样的回答，你不知道吗，他可是通天的人；或者，他的博导、姑父、某个朋友是通天的人，经常去海里，有最新的消息……这个“天”就是有形无形之手，抓住了精英们的颈项，决定了大家的脑袋。

越来越多的人注意到，淡泊名利在今日之难得。没有名、没有利，人们几乎寸步难行；没有名，正见、正信的人格形式无人闻问。一作家朋友因此说，只要心中存有正见，对外可开任何方便法门。但法门一旦方便，后果就难以预料了。

有年轻人议论说，每一个来北京上海的年轻朋友当初都有梦，很多人以为自己只是暂时穷困的中产阶级或富翁，但很快他们就知道自己只是小康社会的打工者和看戏者。没有人去想什么发财、正义或精神、道德，把眼前对付下来就不容易了。人生的剧本早已写好，只不过，他们多是蹩脚而老实巴交的演员。

青年

跟几个80后年轻人吃饭，他们聊起创业梦想，开个洗车店等等，让我想起大学毕业后做过的工种：教书匠、搬家工、校对、看门人、编辑、官员、翻译、策划……去年回北京，朋友们推荐的工作：擦鞋工、风水算命先生、卖字者、养生太极教练……人实在不能小看自己，不能拘束梦想。

一个同龄朋友说，他听说在年轻人眼中，80后多么多么厉害，90后多么有个性，00后多么有希望；至于70后，早就没戏了；而60后，根本不值得一提；他就有一种恍然如梦的感觉。朋友说，他有时候听人们谈论小朋友，“祖国的花朵”；他就喃喃自语，我也曾是花朵，也曾经被许诺长大了做“祖国的栋梁”。

第一部分 时代寓言

有年轻人毕业几年，回家跟母亲诉苦，难啊，在外面混不出个名堂。另一年轻人毕业几年，回家跟母亲报喜，混出名堂来了，得了什么什么奖，又有哪个名人夸他了。两位母亲的话是一样的，孩子，该长大了，你自己是个名堂，你还要在意外面人怎么说你吗？虚荣虚荣，外面给的名利跟你自身比，真有那么重要吗？

有一年轻人神往一参与过中国历史的名牌大学，他以为那校园里出没的都是五四式的青年，待他考上后，非常失望。他看到的师兄师姐们都现实，这个角落的同学在死记硬背英语，那个树林下的男女同学在练习情侣。偌大的校园，理想青年何在。有一天他在校园里走着，突然大悟：原来理想的青年就是我。

年轻的标志是什么？有人说，就是舍我其谁。有些事大家明明都知道应该出现，应该催生，但这些事就是没能出现，胎死腹中。原因就是这个社会不再年轻了。大家都希望有人来做，别人来做，都准备着参与而非创建、准备着搭便车而非争先恐后，这个社会也就日渐保守。少年老成并非什么好事啊。

虽然一直在接触年轻人，但四年前回到北京才算真正开始了解年轻一代的心态和世态，理解他们则是最近一年的事。他们的人生环境较之上几代人要复杂、诡异许多，也要严酷许多。他们也做过集体无意识一类的梦，但他们如今多已经醒来。他们是我们社会正“当令”的财富，虽然在被漠视、在贬值。

有年轻朋友说，我们流行的用语中有很多真是经不起分析，比如我们这些人极需要资源，但有资源者雇佣我们时，他们不是说雇你来做什么事，而是说请你帮我一个什么忙，甚至说，一起做番事业。话说得客气而虚伪，把正常的雇佣关系搞得颠倒别扭。有人说，因为他们自我中心，你们只是工具或项目中的人力耗用……

有中年人跟他的年轻朋友聊天，你有什么长处？年轻朋友说，他极善于挑毛病，再完美的人哪怕道德圣人，他都可以批得体无完肤。中年人笑说，真是羡慕你的年轻，不过要珍惜你的屠龙宝刀啊。年轻人常常从说“不”和审判开始他们的社会生活，只有当智慧与经验到来时，他们才能获得受审的尊严。

有年轻人对他的商人朋友说，相由心生，我们年轻还好说，还在发展之中。但你看你们中的肥态、丑态、愚态、恶态，活得这么丢人现眼还叫成功人士，也是奇怪的事啊。商人回答，那你看看文化界和官场中人，有哪些称得上沧桑、儒雅、高贵了？多少文人一脸浊相，多少官员望之不似人君……

有年轻的商人对他的朋友说，原来一听到电话声响就接个不停，以为有什么机会；现在听到电话声音心惊肉跳，他对这个世界失去了好奇和兴趣，他很希望面对自己……他是不是病了。朋友说，这是典型的狂躁症后的忧郁症，或者从青春到中年的症候。商人感叹，这么快就中年了，好像还没找到人生的感觉似的。

有年轻人自责一事无成，像迷途的羔羊。朋友劝说，你是看周围人的忙碌有成着急吧，你自己得有定性。不知道自己的位置、惑于空间者，可以到时间中、到历史长河中去寻找答案。你看鲁迅等人到四十时还无地彷徨呢，朱光潜四十前在闲逛，陈寅恪四十前刚娶上媳妇，有他们陪伴你，你只要踏实生活，不必着急啊。

有年轻人抱怨他的中年朋友，你帮不了我，在我最需要你的时候我只能独自应对，你平时的关爱说教都不管用。朋友回答，那你因此对我怀疑和失望吗，你对人生也怀疑和失望吗？年轻人说，似乎不是这样的，但有时候确实太苦太孤独了。朋友回答，孤独是健康人格养成的基础，君子慎独而思无邪，谁会舍弃你呢？

有年轻人到我朋友那里去抱怨环境糟糕，别说理想，就是活着都太难了。朋友说，你不要谈一般性的，这种印象谁都能说。你要想想，社会、市场就像大海一样，你看见过有饿死鱼儿的大海吗。人哪，不要好高骛远，先问问自己做了什么。年轻人腹诽，难道我就不能抱怨一下吗，再说以鱼来比喻人类，难道人类就不要公义了吗……

有朋友劝一慈善家资助一年轻诗人，慈善家不愿，并问，他会成才吗？会写出名堂来吗？朋友生气地说，他不会成才，甚至会自杀，但他是一个人，让他沉浸在自己的世界里并免于饥饿不好吗。谈话不欢而散，朋友指责慈善家虚伪，只会锦上添花，不能雪中送炭。慈善家喃喃地自辩，他希望资助真正的种子以长出参天大树……

每一个年轻人都可能长成参天大树。有人说，我们社会一代代只生长了一点儿灌木丛，因为社会资源分布流通出了问题，有资源者很少倾斜给年轻人，你有什么想法，我能帮你什么忙；或者直接说，你需要多少资金实现你的梦想。有人回答，你想得真是天真。因为有资源者多是人生的失败者，所以他们有资源也帮不了你……

有年轻人对他的志愿者朋友说，看你们的一些照片，跟弱势者在一起笑得那么灿烂，很让人感动。你们好像光明的太阳照亮了什么和什么。请问，你们是这片土地上出产的、一脉相承的救主吗？志愿者答，你这样刻薄，是出于善意呢，还是悲观消极呢？

有年轻人对中年朋友说他十年后的梦想，梦想我们社会的各种有形无形的高墙不存在了。他还梦想，若干年后，那些卖力砌墙的人能在法庭上作证，他们为什么砌墙。中年朋友心里说，真是年轻啊，过不了几年，你自己也是砌墙的人了，但愿那时你记得你的梦想。

有中年朋友参加了几次社会活动，感慨说，活跃的基本上都是80后以及更年轻的一代，奇怪的是，在媒介上很少看到对他们的观察、研究。他们是什么样子，品格如何，才智如何，几乎一无所知。更奇怪的，那些同代人都到哪里去了呢？难道真的回家抱孩子、喝茶去了。有年轻人说，他们都在幕后操纵、压制我们。

第一部分 时代寓言

官商

十五年前，一个官员对他的儿子说，你这小子不晓得是几世修来的福气，让我为你贪了那么多钱。儿子问，究竟有几多钱。官父哈哈大笑，有机会叫咱抢钱私有化，咱不能傻得不听话吧，那钱来得多容易啊，咱们爷俩到美国去花几辈子都花不完。……后面的故事是什么，我曾一直想打听清楚，但后来作罢了。

朋友给一个政治家写序，称道他是“明君贤相”，据说读过的年轻人多不理解，怎么能说一个当代人是君是相。朋友无语。他憋了很久才说，你看现在的一些年轻人什么脑子，有这么多的条条框框。怪不得你们说民国范儿，民国人是现在人的爷爷了，爷爷比孙子还心态开放，孙子一辈的人还自以为是，什么世道啊？

有商人跟学者切磋拒绝的经验，商人说，他为了推掉应酬，几乎找过所有能找到的借口：酒喝高了，家里要修理，家人病了，人在外地，自己病了……学者苦笑，他为了争取宅在家里的权利，这些借口也都用过。两人感叹，要拥有自己的时间多么奢侈啊。学者说，惭愧我们都没有勇气明确拒绝，大家也就忙成一团了。

一个身为厅局的官员在朋友们面前整天骂政府，有朋友说，你别骂了。你享受着特权和纳税人的奉献，你自己做了什么？你不觉得就是你这样的人格扭曲的官员绑架组成了政府，并鱼肉了我们大众吗？你既然标榜自己是明白人，你能向我们这些朋友公布你的财产吗？你能向我们说明你在政府机关里做了哪些事吗？……

在大时代里生活，我们个人积累下什么了呢？有的人是一肚子的不合时宜，有的人是一堆房子，有的人是暴戾之气直干天和……十几年前，我见过一个经济学家摸着他滚圆的肚子，感慨说，这也是十几万吃出来的肚子啊。好多年没见到这个人，估计他的肚子已经升级成百万元级的了。

一官员问他的朋友，他们治下的一方大省里有无读书种子。答说，有啊，文化总是有托命人的，只是他们生活窘迫，需要养起来。官员说，不要养，我们养了那么多教授、研究员，有什么用呢；要打击他，必要时关起来，这样他才能有真东西。朋友说，人家已经画地自狱了，还怎么打击？文化不是穷出来的，是闲出来的。

有老板说，国学班、管理哲学班等等不像前两年火了，但这个产业还是很大的。他参加了几个班，学习到很多东西。花了几十万，值得！朋友不屑地说，怪不得没什么人坐冷板凳写书了，原来你们不需要书，你们花钱只想听江湖骗子说书。你们听了一脑子浆糊，懂得分辨真知和伪学吗？自己学会了思考和反思吗？

有企业家对我的朋友说，老话讲知书识礼、读书明理，文化总给人更有教养的感觉，为什么网上的言论大部分没有教养？朋友说，文化顶礼着更大的还有很多困惑无知的天地，文化明理，文化更在顶礼天地自然；但我们时代的文化多自大得没有天地了，他们只有自己，因此只能表现有文化符号的愚蠢，哪有什么教养？

有一个朋友说，有些人见了一面后再不想见了。问其缘由，说是这些人谈生意，都是五个亿以上的项目；谈战略，都是国内外权力场中的纵横捭阖；谈文章学术，都是上下千万年，啥都由他来定论盖棺，天下文章一石，他得了八斗……朋友说，好家伙，还让不让我们这些人活啊，成心让我们这些活得庸俗的人臊死啊。

权力

我们对权力的认同似乎有一种天赋，在饭桌上，在几个人的暂时关系里，我们都擅长从权，不经意地势利。曾有一年轻朋友批评我，你还以为自己年轻啊，你跟年轻人在一起就构成一种不平等关系，你不用这权，你以为跟年轻人打成一片，大家都倒霉。一个对权力认同到如鱼得水的社会，无法适应别的形式的交流。

经常看见周围朋友对人和事排座位，这件事是划时代的，那个人是江湖大佬、学界大牛，某某是小角色……我也曾有此势利。追问原因，大概是学生时代的排名次等做法染上的毛病。在某种意义上，这种势利也是一种丛林法则。我国人多终生染上了学生时代的毛病和认同了丛林法则，很少懂得什么是体面和尊敬的人生意义。

经济学家关注起“语言的腐败”，“我们现在要开始反语言腐败时代”。这类问题及处理提供了新增长点或能开启新时代吗？似是而非。对社会现象的观察、归纳，要真正做现象还原工作：还原到权力、政治那里，而非叠床架屋或更精细化，把政治问题“还原”或稀释繁冗成经济学、语言学问题。大家看管的是权力而非语言。

因为对吴思的“官家主义”一词很认可，曾琢磨过它的“历史曲线”。印象中，二十多年前，我们对官吏一类的职业、“官本位”一类的观念是嘲笑而且不以为然的。但问过吴思和另外的朋友，他们说，中国人任何时候都是优则仕，80年代只是好了那么一点，很快就又是官家主导一切了。怨不得大家都心向往之啊。

不受制约的公权力必然腐化，所谓国家利益部门化，部门利益个人化。任何公共资源的长期把持也如此，我们经常看到某人五年前就是校长，理事长，或某机构某平台的主任、主编，十年前也如此，十五年前也如此，这种现象并不说明其人的重要，而是反证其识见品德。公共资源流失了，社会公器中饱了某些人的私囊。

我曾经吃过一段时间的官家饭，不太适应，就放弃了。多少年后，有机会到某地做客，官家请饭三四天，每天山珍海味，穷奢极侈，到第三天中午，坐上饭桌，我的胃反感得厉害。看着陪着我们一天三顿大吃大喝的官员，仍甩开膀子吃喝得新鲜，我的佩服之情油然而生。这官家饭可不是我这样的人吃得了的啊。

似乎从清末李鸿章开始就坦言当官是最容易的事：你连官都不会做，你还能做什么？有些人做官大半生，下来后，愁眉苦脸：一辈子啥都干不了，只会做干部。有人说，今天的一些好事者，总想在知识意义上给官员耳提面命，帮他们论证如何当官才乖才巧才好……实在是天大的误会。

我们社会的官员阶层和知识阶层一度面目模糊。仕而优则学，学而优则仕，士仕同流。直到80年代，大学生一毕业即意味着国家干部身份，级别职称跟工人阶层不一样。因此，直到今天，不少官员还算是读书人，“好读书不求甚解”，他们爱舞文弄墨；很多知识人说起话来还有官气，“天下事皆在掌中”，他们爱指点江山。

我们的特权一脉相承。物质短缺的时代，一个地区或者厂矿如能请来一个“上海师傅”，那是多么光荣而值得一说的事。至于搞到一张车票去买到永久牌自行车，通过熟人直接从厂里打到散酒……多有面子。至今，我国人多不以为市场提供服务、方便，反而是特权提供了方便。久而久之，几代精英成功之士都不习惯以市场解决问题。

信息都成了特权。这事他知道得最清楚，那事就像是他听墙根儿知道的……我们在聚会中，在餐叙里实现的信息流动多是一种权力的实现形式。我们被权力了，而非获得了、见证了每一个人存在的权利和精神的内在理性。顶层或顶顶层设计或游戏，也是这样。它们中发生了什么事，要做什么事，“一般人我都不告诉他！”

我们习惯了特权，并把送礼收礼这样的情感表达演变成权力的特殊存在形式。从生活的大件消费品到小玩意儿，都习惯了有人“送来”。想送不知道送给谁，想收也没有人送来，因为你的面子人缘有问题，你不“成功”。在大家包括小学生和老师之间都收受成风的时候，若没有人给自己送东西，情何以堪啊。我们的情感被权力绑架了。

资本

有朋友指责我对资本的批评不够，我说这确实是一个问题。在后发国家中，可能很少有当代中国知识人的困境：如此既苦于资本主义的发展，又苦于资本主义的不发展。遗憾的是，作为统治序列中地位较低的合伙者，我们这里的资本和知识都不曾意识到自己的历史使命：即改变权力乃至自己的性质。

现代生活全部的社会关系，对其命名和解释，我们几乎都借助于外人；轮到新形式出现，我们多失语了。除了因循，就是权力导演了一切。资本尚没有勇气和意志助人一臂之力，来观察当代大陆中国的命运。资本目前仍是以婢女、恶棍和某种福音相混合的形式出现的。它重构了中国，但它还没有魄力和信心表述自己。

我们当年多么盼望资本，希望它改善中国。一度有很多中国人对德国人抱怨：你们的老马写了一部《资本论》，但他把资本留给了西方，把论给了我们中国。我们不想要论，我们想要资本。今天，起马克思于地下，他未必修改他的观点：滴着血和肮脏的东西。资本在东方已经横行，但它需要一次成人礼：正义它自己。

当资本挟带世纪的新奇，越过时间的海洋，将这片土地占据……很多人欢呼，而诗和理性失语，“贩卖语言的人”在历史面前窘态百出。时间纪年一度让位于资本，当福特流水线铺开的时候，有人说是人类的“福特元年”开始；但我们的资本元年似乎尚未诞生即告死亡，批评不在，使得资本粉墨登场充满了悲喜剧。

在资本涌动的数百年间，人们曾用最美好的字眼赞扬过人。莎士比亚笔下的王子：“人是多么了不得的杰作，宇宙的精华，万物的灵长！”，歌德：“凡自强不息者，终能得救”，高尔基笔下的流浪汉：“在俄罗斯，做一个人多么骄傲！”……但在我们这里，直到今天，人们感叹的是，做一个人的成本太高!

资本有再造文明的天命，但这需要机缘。多数情况下，我们看到的是，资本无意自立自尊，在其威福下，一种卑鄙的、奴颜婢膝的、可怜的商人习气渗透了全体人民。它因为权力小丑的存在而得意而不以自己为丑，它不清楚，它的使命即在于解放民众于权力和市侩的罗网之中，使人成为完全意义上的人。

中国男人

我在文中引用张宏杰的话说，不少中国男人阳气不足，对自己的事无能为力，却很关注国际大事。只有小学文化的农民家会挂着一幅世界地图，被土地和早婚压迫得灰头土脸的人热衷于讨论世界局势。辍学而无所事事的少年则会担心阿富汗：“美国是不是已经没兵可派了？普京还能不能再干上一届……”

“一个男人要走多少路，才能被称为男人?一只白鸽要飞越多少次海洋，才能在沙滩上栖息?炮弹还要掠过天空多少回，才能永远将其禁止?”关于第一个问题当然不在风中飘荡，答案如此明显，有些中国男人走了一辈子的路，反而走成了太监，有些人走成了孩子式网友，有些人走成了顶天立地、可百里托孤、千里顾命的男人。

一个年轻人的才华给大家留下很深的印象，一个成功人士寒暄之后对他说，你样样都好，就是结婚早了一些。过了几年，年轻人成了成功人士，他的父亲说，儿子，你媳妇配不上你这样的名人哪。离婚再娶，悲剧喜剧。有人愤愤然，这是什么样的成功人士？什么样的父亲能说这样的话？

人間世

数字化生存

两千年前，文明的介质有过一次大转移，那次是从手舞足蹈的肢体语言、直观直觉等等转移到文字、逻辑思维、书面等上面来。这一次似乎也在发生转移，技术的发展使文明交流的介质从纸媒、书面文字等转移到电子、影像、语言上去。只不过，我们这里像未富先老一样，技术快于我们的自立自足。

世界变化太快。纸上视界、客厅视界、桌面视界，无可奈何地看着掌上视界的到来。大千世界在“掌”握之中。文明模式的转化需要“大时间”感。对中国史熟悉的人大概能够同情地理解，这是两三千年周期性的转化。“绝地天通”后的个体第一次人人可以“作享”、独立地与天与地沟通，亲友家人都可为诗为史。

数字化生存将一切美好的东西都信息化、零度化了。有中年人说，时代大于个人也许是正常的事，但个人仍有责任职尽其命，只是我们这一代人中多配不上这样的时代。在海量的信息面前，我们只是信息的驿站，是跑马场。我们在生活中多没有立起来，更遑论社会人格。他的朋友安慰说，我们能做一个有尊严的看客就不错了。

在电子时代，书的启蒙、教化功能似乎淡化，其消费、交流、礼品、话题的功能更突出了。需要有更多的写作者走下讲台、走出书斋，跟读者站在平视的立场，写出好的文字。当然，写作的艰辛需要读者有同情之理解。

我们对技术的能力没有想象力。前不久还在讨论移动网络可能会再次转移，从桌面视界、掌上视界变为穿戴式视界，但技术专家们说，五年左右，至多十年，身体置入式网络也会变为现实。有人说，那个时候的人类，也就是我们，跟今天的我们已经是两类人了吧；那个时候的我们，掐一把自己不是疼不疼的问题，而是朋友圈的人都惊呆了。

技术改变了阅读和生活，不读微信微博不仅阅读不及时及物，而且生活也处于游离的而非参与的状态。这样的进展会使人生发什么变化，人们的生活模式和阅读模式有什么改变，似乎难以定论，但纸质图书已经被称为传统图书，微博微信正替代书的功能。有年轻人更说，书的千年霸权地位是该退出文明舞台了。

二/国是

发展

发展阶段是不可跨越的。知识论、道德感、人生世界观等等都如此。事非经过不知其难易，闻思非修行不知其实际。你无法要求一个孩子心智的人走出其自我认知阶段，去尊重一个伟大的国家，去理解一个伟大的传统，去随喜一种悠久的习俗。

读《革命将至》，很佩服发达国家的这些青年人，他们没有“中性化”、“纨绔化”、“犬儒化”，仍在以生命的情感和理性打量现代世界。我们像追求恋人一样追寻的现代生活，在他们眼里，却是荒诞、扭曲、残酷，甚至违背文明和生命自然。因此，当代人不应掉入现代性万能美好的幻觉之中。

周作人说，西方在16世纪发现了人，在18世纪发现了妇女，在19世纪发现了儿童……这种社会整体的演进带来了全民福祉的增进。我们折腾几代人，仍未能有人的自觉，未能有“妇孺之见”，更不用说潜意识、身体、生物和生命科学的视野。有人说，我们是前三十年发现了斗争，后三十年发现了金钱，现在发现了成功……

民众、英雄和歌队。“我们民族历史最重要的规律不过是劣胜优汰，在上演了英雄争战的正剧之后，跟着时间残留下来的不过是一些平庸之辈，他们在历史的大剧里都没有演过角色，他们只是一些应声虫一样的歌咏队员，在真正的悲剧过后，他们企图口吐真言就获得荣誉，他们忘了在真正的悲剧里，毁灭的不是英雄，而是歌队。”

发展阶段的不可跨越还有一个现象。一个处于“前习俗阶段”的青年学子，无论怎么有才学，他也不可能理解第三阶段的人生收获。大易讲六爻时位，潜龙元夫勿用，大概也有此意。严重的问题是，这些阶段分别都是独一无二的存在方式，都有效或对自己管用，而非小孩子走向成年理性的必由之路。

翁永曦回忆杜润生。1979年，杜润生把年轻的翁永曦调到国家农委政策研究室，在工作了一段时间后，杜告诫翁：“中国的事，不在于你想要干什么，而在于只能干什么；不在于你想要怎么干，而在于只能怎么干。”杜可谓老成谋国，绩效已写入历史。但历史如何看待青春的冲动呢？历史欢迎“少年中国”吗？

裴敏新最近谈中国高等教育，说社会中上层用脚投票，把他们的孩子送到国外接受高等教育。我同意他的说法儿："对中国的精英阶层来说，把小孩送到北美、欧洲和澳大利亚的高校学习，是一个十分理性的决策。"还有人如此定义中国大学：把优秀的人才招来集中销毁之地。

娜拉出走之后如何？民国的文人据说多参与了这一讨论。鲁迅说，一是回来，二是沦为娼。张爱玲说，不过从一楼走到二楼而已，该吃饭时就回家了。"当年热血沸腾，肩挑祖国命运，如今空空的双拳，岁月折断了刀刃。"要么孤单走路，一身是胆；英雄老去，机会未来。要么回头，厕身他年轻时反对鄙视的之列……

我们很多人终生在追逐进步、发展，这种追逐会导致他睡不好、吃不好。跟人聚会，发现他人有进步，有发展，自己就有紧迫感，就有被生活、社会和时代抛弃的落伍感和焦虑。一个存在主义思想家说，平实地过好每一天是最为明智的，也是最好的。动手制作一杯果汁给自己的嘉奖胜过外界给予自己的全部宠辱。

昨晚突然想起自己十多年前写的一篇长文：《我看见了现代化》。在网上没有搜到，倒是搜到几条关于邓的。1979年1月28日—2月5日，邓访问美国。这是新中国成立后暨中美建交后中国领导人第一次对美国的访问。据说，邓回来后在某次高层会议上说：我看见了现代化。我们今天的格局或者要部分归因于他那次出访。

三十出头的时候写过一篇《我的求乞声明》，其中说，“在家乡他们今天仍在整日里奔波，一如我在京城睁眼即得劳作。”有人的劳动成了他的美德，有人的劳动是他的命，有人的劳动创造了文明。在我们这里，劳动似乎不再是文明存在的本质。

李光耀曾跟中国领导人讨论发展速度。李认为中国会比新加坡做得更好：新加坡人很多是闽粤等地无地文盲农民的后裔，中国人有的是留守中原的达官显宦、文人学士的后代。然而，显达官宦的后代不一定是贵族，文人学士的后代不一定有文化，有些悠久文明的子孙，甚至宁愿不肖。

对话

我们立身处世无时不面临着对话、交流，但我们往往只听得见想听见的话，对异己陌生者总是对立而忽视。我们的言行总是跟同类相互强化；而不能各自表述，寻找存在及发展之共识，从对立面吸收。在不疑处有疑、对异己者加持……是一种文明理性；反之，非我族类、其心必异等等只是一种前现代的山寨思维。

物以类聚，人以群分。这当然正常。但现代人或得道者明白群己权界，更明白向自己的异端致敬。人生因此圆满。我最喜欢的向对立者致意的例子：虚云是禅门宗匠，临终之言“戒定慧”；弘一是律宗大德，临终书写“悲欣交集”。还有伟大的禅宗祖师，顿悟者能行，渐修者秀美……

我曾说过，在人间社会仍在寻找良性的制度、仍在努力实现个体和整体的政治伦理之际，信仰说教不免虚妄，即使正教也跟邪教层纸相隔。斯威夫特说：“我们身上的宗教，足够使彼此相恨，而不够使彼此相爱。”我们多会讲道理啊，我们却很少想到大信大道息争，大路朝天，各走一边，用得着推搡、指责、仇恨吗?

人之才质，万变不同。因此发现自己的性情并向对立的方向致意是重要的，左右、东西方、渐顿、激进保守、青春成熟……如此才会有真正的创造。中国向有“高明”和“沉潜”之分，西人有“软心肠”和“硬心肠”之别，伯林则以“刺猬”与“狐狸”的分类。人们了解自己，知道自己的有限性，无为，有所不为，才能有所为。

我们经常听人说这人是瓜，那人愚不可及，或某某是傻逼，……我自己也曾有此优越感。虽然无缘、异质，我们仍无意寻求“主体间性”，而是蛮横地将其划归我们的统治；自然，我们也在对象的统治里。这种审判、沟通的无能演绎成一种特权，在官家或公权力外，我们大家也经常活在特权里。

朱青时先生曾说过，当科学家千辛万苦地爬到山顶时，佛学大师们已经等候多时了。这话可适用很多领域。我们经常看到朋友在山下迷失、寻路，我们打手势，他们对我们视若无睹，他们的目标其实仍是上山。当然，这话还可以演绎，佛学大师也付出了辛劳、代价，才能够上山……

革命

“我是性急的，所以我们见面，我总是说：洪哥！我们动手罢！他却总说道No！——这是洋话，你们不懂的。否则早已成功了。然而这正是他做事小心的地方。他再三再四的请我上湖北，我还没有肯。”衰败时代所享有的特权，就是公理正义会合乎逻辑地将一切推向革命。黎元洪很了不起，他的名言是：“有饭大家吃。”

我们当代人的政治热情，如对改良改革渐进革命的津津乐道，一直缺乏足够的前提，因此，我们的低声细语或一时雄起不过是男人热衷谈论的两大话题之一而已。俄国的悲剧政治人物斯托雷平意识到了却没能做到，他说，先立规矩，再谈改革。前现代国家的立规矩之路曾经悲剧过、光荣过，今天越来越趋向广场狂欢。

今天我们越来越理解，没有一劳永逸的制度或社会模式。我们也知道，一个共同体积久生蛊生变，顺天应人的革命时义是重大的。与时偕行，以不断创新的胆识推动社会变革演进，是一切社会革命家的当行本色。中国历史上的改元，并非这种意义的变革，都仍将经历各自不变的轮回。

我们的一些知识人惯会告别革命，从崇尚英美模式，否定法国模式，发展到认为没有五四运动更好，没有辛亥革命更好。当纽约一家杂志的记者远道来访，问高尔泰，这个同样的五四之子，终生实践并笃信“自由”的中国圣贤，对这些问题有什么看法，高尔泰说：“我没有那样想过。”

如果一个社会没有像样的精神食粮，父辈们没有多少责任感，更没有有效解决问题的制度机制，那么青年人就当然以青春的本能抗争。胡适说：“在变态的社会国家里面，政府太卑鄙腐败了，国民又没有正式的纠正机关（如代表民意的国会之类），那时候干预政治的运动，一定是从青年的学生界发生的。”

观念跟现实争战带来了人生和社会的虚浮。观念当然可以先导，但是现实变革的终极原因，如革命导师所说，“不应当在人们的头脑中，在人们对永恒的真理和正义的日益增进的认识中去寻找，而应当在生产方式和交换方式的变更中去寻找；不应当在有关的时代的哲学中去寻找，而应当在有关的时代的经济学中去寻找。”

央视一刀未剪地播出《V字仇杀队》，引起不少人欢呼。虽然王怡曾说它只是“一个腰部以下的叛逆”，很多网友还是肯定这是一部有意义的革命电影。我看电影的时候，想起自己写过的诗句：“那三年前埋下的仇恨/并没有发芽，另外的梦掌握生命的血/消解了它，那一个个美妙的迷魂/比现实更动人……”

专制社会的肉食者们生存的必然结果是成为“一篓螃蟹”，所谓形格势禁中的钳制、难以动弹。故率先推动社会变革的力量多是普通人，如辛亥革命，这是“苍蝇与大象之间的战争”。他们是历史的推手，他们前赴后继，书写着“为失败的事业而战斗”的泣血传奇。

社会运动和运动社会是一个很有意思的话题。当沉默的大多数开始关注起社会人物事件时，这大概是社会运动的萌芽了。当有人插科打诨，推出替罪羊，转移视线时，这大概就是运动社会了。

第一部分 时代寓言

民众

群众是我们社会里一个常见的概念，群众如果不能做到“合群而大”，就只能是“乌合之众”。它跟子民、臣民一样，有量无力，难以构成力量。在社会结构中，所谓的中产阶级，包括记者、作家、律师、医生、志愿者……其实都是“群众”。

鲁迅对民众的态度是“哀其不幸，怒其不争”，我们看精英权贵们的表演，有时不免“恶其鄙陋，悯其无知”。但是，在根本上，我们并不比精英权贵们高出一头，我们很难教训教化他们，或者说我们的教训教化不足以挑战其心智。恐惧时的失态，勇敢时的孤独，生活中的无能自新更新，使我们多少也只是做了“看客和示众的材料”。

据说，亚里士多德说过：有什么样的人民就有什么样的统治者。他忘了补充一句，有什么样的统治者就有什么样的人民。

在贫困地方聊天，有一个发现是，在对待自己的权利方面，当地人跟都市的小资白领或年轻朋友一样，是清楚而无奈的。面对前者，不免有精英之想象：“哦，我的人民，我对你做了什么？”面对后者，则有龙应台式的感叹：“中国人，你为什么不生气？”

“路标已经转向，自由主义精英如果不作壁上观者，大概最现实的角色不过是二丑吧。而这些二丑精英实在深具庸众理性，在理性化的庸众或庸众式的理性没有演进成文明理性或现代公民之前，某些离经叛道者注定不为这个社会所接受。而我们这些庸众的这个现实，正是黑格尔意义上的合理现实。”但退到一个人这里，还怎么退呢？

全球化

如果我们不能把完全异质的对象当做参照，而是隔离它，与之绝缘，我们将不仅残缺不全，而且会变异。这就像文明史上的“洞喻”一样，我们在洞穴里生活，我们的感觉越是细致，我们离真正的光明越远，离真知大道明德越远。夜郎国早就成为历史，但在全球化时代，它的精神同样被发扬光大。

微博不仅仅是一个玩具，它还是新的生产生活方式。就像文明的记忆或媒介从甲骨、金石、羊皮向纸帛迁移一样，我们注定要移驻到电子媒介中，我们要在数字化生存中创造并检验自身。微博等等承载着重要的功能，从中生长出当代人的知识、信心和存在感。传统的知识或文明大厦没有颠覆，而是因此新成员的加入获得了活力。

对很多人来说，在二三十年内经历了农耕时代到信息时代的变迁，有着丰富的阅读经验。从煤油灯、蜡烛光、路灯下的阅读到各种电子阅读器，我们都赶上了。尽管有人感叹阅读的衰落，但以视觉为中心，阅读各类眼前的体制或碎片化信息，以趋近“摩登”而不致落伍，我们很多人的状态仍堪以“如饥似渴”来描述。

网络、全球化给了我们无限丰富的资源，如果我们仍在螺丝壳里做道场，以为身边几个人或某些媒体构成的“中国社会”即是我们人生的舞台和视野，那我们也太侮辱华人和人类的知识演进了。在更宽广的世界人文视野面前，眼前的热闹和人物既非真相，也非终极。我们每一个人都有责任如此教育自己。

开放、跟国际惯例接轨、全球化一度是我们社会的时髦话语，转眼间，有人开始说不、不高兴、光荣孤立了。我们似乎是长大了的为地球村民眼红的“亚细亚的孤儿”，敏感、轴得很。但如果心灵封闭、不接受国际社会的惯例，我们的感觉能落于何处呢？社会风潮或时代精神就这样三年五年一变，我们跟着起哄的意义何在呢？

全球化冲击了一切固有的体制。国际社会的一些机制和活动，甚至世界体育性组织、世界银行、世界卫生组织、诺贝尔奖等等，今天也在国人心中走下“神坛”；如果它们也参与了全球化时代的消费浪潮，它们在人们心中也会大打折扣。我们获取信息越来越容易了，我们寻找真知反而更加不易了。

现代性

我怀疑国人对现代化的理解很早就出了问题，比如垄断资源，付出最小享受最大，不劳而获。当年的“楼上楼下，电灯电话”即如此拜物。我们尚不具有这样的现代性：“我们的精神生活和物质生活都依靠别人（包括活着的人和死去的人）的劳动，我必须尽力以同样的分量来报偿我所领受了的和至今还在领受的东西。”

现代文明推出的代表性人物多是文明的人格象征：诚实、善良、勤奋、正直、慈悲、健康的人情和常识感，等等。但我们社会的看客们多是逐臭之夫，他们关注的人物很少这些东西，多是自大、炫耀、虚荣、撒娇，多是唯彼威福者，也多是神经、心智不正常、不能沟通的绝物。文明的方生方死正在这里。

现代社会需要专家的意见或建议，需要精英的示范……惰性却使人们把自己交出去了，人们看专家、精英的眼色，甚至勤于论证某个人的权威，从而与有荣焉。现代社会其实最不需要这个，偶像崇拜根本是反现代的。佛灭度后，一代代的高僧大德都明认以戒为师，既是戒心又是戒律，如此有定力，如此有般若智慧。

消费几乎是现代人重要的生活方式，生产也多出于消费。但在我们这里，生产者和消费者的用心几乎颠倒了。生产者是为了消费，但他往往打着信仰、建设一类的名义。消费者不是为我所用，反而多半是真诚地跟从。商人被称为企业家，教授、作者被称为思想家或知识分子……真正的生产创造反而被消费屏蔽了。

那些混迹现代名利场却口含传统天宪者是吃传统教者，因名称信称义而已。用不着三年五年或百年盖棺定论，看看生活方式就知道他们多是传统的不肖子孙，也是当下文明人格的罪错者。在现代性暴露其业力罪性一面的今天，一切存在德性之获得示现几乎都以奉爱为路径，但现代人多为缺德者、迷失道路者。

当国家社会只提供了现实主义思想资源时，我们多只会做工匠式的艺术家；当现代派引进来，几乎人人成了现代派或“伪现代”；当民族文化符号成为资源时，很多人又会成为“保守主义”者……作为一个想对周围和世界有所表达的人，作为一个立论造论的成年人，我们的知识结构并非健全，而是后来不断补课逐渐完善的。

外鉴

二战后不到四十年，日本发行新钞，将原来钞票上的圣德太子等政治人物改为福泽谕吉等文化名人，据说，这既标志着日本已经成为现代世界的“正常国家”，也标志着日本进入文化大国。如果我们现在也这么做，恐怕大家会因此打得头破血流，有人就赞叹某某是他心中最伟大的知识分子……如此推理，我们离正常国家还远。

看一个小国未来几年的计划，其中说，根据政府的宽带政策，百分之九十的家庭和公司应该都能以至少每秒100MB的速度进行通信。想到自己仍如儿时行走在乡间的低等级公路上。我们是与闻现代高科技的乡下人，置身异族发明发现的时空中，难以贡献、共事。这个时空是家长发给大家的玩具，做了手脚也随时能被没收。

阿Q的文明遗产和文明状态。十年前遇到一老外，把我国跟肯尼亚的发展相比，很让我伤自尊。三十多年前，尼克松跟埃及的萨达特聊天，尼克松认为，中苏分裂的原因之一是中国人感到他们比俄国人更文明。萨达特说："您知道，我们的感觉恰恰也是这样。我们埃及人比俄国人更文明。"

有人说，"绝地天通"的防火墙运动在古希腊和古埃及等文明古国没有发生，因为地理环境的缘故，他们天天面对大海、沙漠，因此人人需要探索天文地理知识，故王权不能垄断知识。反观上古中国，让专门人才来观天象测地理，大家不用费力，只要听官听学即可，有劳心者，有劳力者，故中国是一个早熟的民族。

"我们脆弱而不免承认无望，多少人因此自娱自污，轻失了人生的精进勇猛，在过去、未来和理想之间游荡的浪子开始回头是岸，身心领受现实的合理，久处污秽而不觉其臭，甚至做了逐臭之夫，苟且，敷衍，乡愿，自我感动。只有美国、西方世界还在展开，还在提供新的人生正剧，文明大戏……"

有关美国的一个假设。1941年希特勒挥军攻俄，造成巨大的耗损。如果他不是两面作战，而是跨过东地中海，占领叙利亚和黎巴嫩，进而入驻石油重镇伊拉克，则二战时德国最脆弱的石油问题将不存在，最后胜利的可能是德国而非英美。美国和自由世界就不会有战后的"霸权"，全球化不会来得这么快。

第一部分 时代寓言

据说，西方政治深深扎根在保守主义和右翼倾向的哲学指向之中；“右翼为美”，甚至为此提供了一种文化支撑。事实上，传统文明的政治架构多为右倾。但造反、左翼势力、革命运动等等仍汇成了浩浩荡荡的潮流，以校正文明的偏颇。耶稣之后，切·格瓦拉的照片成为人类印刷史上印数排名第二的单幅图片。这是另一种美学。

诗人对民主自由社会可能更敏感。大诗人洛尔迦当年到美国生活了一段时间很不适应，他对美国人的总体印象是：友好开放，像孩子。“他们难以置信的幼稚，非常乐于助人。”而美国政治系统让他失望。他告诉父母说：民主意味着“只有非常富的人才能雇女佣”。据说在美国生活，使得他生来头一回自己缝扣子。

三/学界

知识

在我们跟世界的关系中，最重要者莫过于信仰、伦理等存在样式。西人有言，敬畏耶和华是知识的开端。对我们来说，跟世界建立起伦理关系后才有了知识，它是我们生存的开始，也是我们的终点、认同。这在全球化时代，尤其重要。一切外在的知识，都得进入现实伦理的层面才能成为真正的知识，属于我们的知识。

真正的知识来自对天地人心的敬畏。离开这种真知，在物质主义的追求之下，所有关于活着的知识不过是放大物性一面的势利权宜。有朋友愤激地批评说，你们启的什么蒙啊，大多数中国人不过是一条条性命，如花鸟畜牲一样地活着，或者欺压，或者被欺……这让人无语。我们确实在更多的时候以物性的形式活着……

不过，知识本身有着自负的倾向，我和很多朋友不能免此之恶俗，仅靠所站立的知识碎片就敢妄断世界，切割他人。这样的学习没有得到多少教益，反而让我们以为自己横空出世、开天辟地，这是狂者；狷者则以为看透一切，怀才不遇，世人皆浊皆俗。这样的学习成就了人的偏执和激进，更成全了人的乡愿和犬儒。

有效的知识是自切肤之痛开始，一直到触及灵魂的信息、情感、意志，只有这样的知识才能营养我们的身心，才能推己及人，才能确定我们在这个大千世界中的坐标、方向和目的，才是真知。其他的，国家如何、社会如何、历史如何，都非生成自己的知识，那些知识，多半是别人的叙述，是有待跟自己建立最低限度伦理共识的假说。

知识的分布不均带来的灾难很大，比起贫富、强弱等表象，文野之别更为本质或关键。这也是为什么许多权势富贵人物及其孩子极其野蛮的原因，他们是这个世道“成功”的代表，内心荒寒，无知、脑残得成为这个世道的危机和灾难之源。我们的文明讲知书明理，读书识礼，即在达于某种均衡，依止于天地人文之序。

现代人的知识多是无根的，我们的言说在很大程度上只是自己的即时性应对，尚未能进入皈依和创造的行列，是以我们的文字多是读书笔记或希圣希贤希雄式学舌、作业，少有人生社会的超越性突破或沉淀性收获。前人有五十以后才著书之说，即有传统对著之纸帛者的敬畏。今人少此种敬畏，也当知今人言说的有限性。

去看看《道德经》吧，“人之不善，何弃之有？故立天子、置三公，虽有拱璧以先驷马，不如坐进此道。”但道是不能假借的。我们看行贿、送礼，没有人送道理。真正的道理跟书本、前人、培训班的教诲没多大的关系，真正的知识在于从自身出发获得的可与外界友好沟通的经验，在于自己对时间、空间、万物运行等等认知跟世界构成大致和谐的关系。

我们了解当代人的东西多半是一目十行，或通过自己和他人构成的小道消息来了解当代人的思考。我们私下说来都头头是道，但给社会提供公共知识产品的能力如此低劣，很少能整理汉语知识或人类知识的存量，更难能贡献其增量。对于那些长年坚持研究思考的知识和思想收获，我们也缺乏足够的关注。

从大众社会到网络社会，文明的波浪一波波推进，知识的获取和致用之道发生了根本性变化。其重要一环，可能在于省略苦行般的智力推理过程，直陈根本。有人说，现代人都是屏幕人了，学院知识、纸书等等将成为历史了。保守主义者以不变应万变地摇头说，他们会从屏幕回到现实中来，回到纸和笔上来的。

知识权威化官化的结果，是人们对客观世界失去认知和探索，而活在伦理世界中。先秦留下来的历史叙事和科学叙事，至今没有还给大众。最为简单的易经至今没能简易地解答，这大概是人类轴心时代留下的唯一案谜。而最可怜无数的才士学人，将这些叙事全部经典化、神道化，至今装神弄鬼，邀名邀利。

先知对众人来说多意味着未知。……对于那些弃绝者，那些特立独行之士，我们应务力敬而感受之，因为他们代替我们去打量生活，去探索真相和人生的诸种可能，并付出了难以想象的代价。尽管我们并不懂得他们，他们的德性可能为你难以企及，智慧也为你难以望其项背，不是你可以妄自猜度和动辄加以揶揄的。

面对中国转型，我们多有恐惧感和知识盲点，我们对转型机制和结果的不确定性缺乏研究。事实上，包括中国在内的一百年来，已有足够的政治经验。但我们在理解和描述转型时使用的概念常是一百年前的知识分子的概念，如暴民政治、民粹主义和暴力革命，等等。我们少有克服无知和恐惧，多自以为是地对社会有责任心。

我们容易站在知识的碎片上切割他者、伤人伤己。少年时读过毛泽东和鲁迅，大学期间迷过萨特、艾略特等人，跟人“打架”，多半是头脑里的毛、鲁、萨、艾等跟人“打架”。这种争执或战斗，虽然悲壮，其实没有效果。我后来才明白个中道理。甚至我逐渐懂得，真正的文明大道无争，是的，大道息争，在鲁迅、萨特的终极，比如他们或母性或温情的一面，生命通达无碍。

知识乃至情感的作伪是这个时代的一种特色。个体身心的发育跟共同体整体的演进异质同构。在相当大的程度上，我们一旦被某种罪性严重的风气或价值暧昧的社会捡选出来，成为它的某种代言或装饰，我们首先要检讨自身的不义不诚。当共同体的上下都败落或任性之际，如果我们对他人抱有希望或谬托知己，我们也当反思自身的不诚不义。

学问

有商人对艺术家朋友说，国人对人应具有的学问近乎无知，很多人把专业知识当作学问了。艺术家问，那一个现代人的学问如何辨别。商人说，从小处看，学问就是教养，看他洒扫应对进退等日常的工夫；那些连自己的居处甚至书斋都不知收拾的人，连寒暄都无知，只沉浸在专业知识中的人，怎么会有人的学问呢？

单正平先生考证“学风”问题。拿民国学人的著作和当代的学术明星对比，前者论文极少有数万字的大制作；而后者相反，你很难读到他们的短文。面对今人规模浩大的著述，只能自叹“读力”不济，敬而远之。有人笑说，这是因为后者已经饾饤化，当然也有很强的寂寞感，只好抓住一切机会和信息，不说白不说。

“问题意识”是做学问的基本要素，也是人生的基本要素。据说从20世纪80年代到现在，高校一直在强调求学问道、论文立说要具备问题意识。我们受此意识的强化训练反而极为反感，有年轻人说，在现实中，反而几代人仍缺乏共识。

曾经多次说，将我们这二三十年的社会变迁跟欧美50年代至70年代相比，后者产出了众多的文学、哲学、史学、社会学、经济学巨著，存在主义、后现代思潮、自由主义、人本主义心理学等等都安慰并总结了人。但我们这里的社会观察几乎还停在经验层面，对时代和人心的分析似乎还没有多少人开笔。

有朋友推荐一个东欧作家50年代写的书，说跟我们这里几乎一样。这让人羞愧。时至今日，我们几代知识人，仍很少提供观念、实证、分析框架，仍很少献祭出自己，我们仍借助外来的分析和观念来自欺欺人、心安理得。在我们日渐繁荣的市场里，“劣币驱逐良币”使得斯文扫地，真正的精神也需要时间来呈献。

一朋友大半年都在组织老外翻译一本书，他最后感慨说，我们的学术素养跟人家相比，差得太远。以材料来源论，我们引述材料从不注意准确性、更少注意出处，这在外人看来是非常成问题的。回看国内的各种讨论，可以说都是无源无根的，我们是空对空。

曾经跟张显扬先生聊天。他感叹，跟那些出身好一些的学者相比，他这样的穷人家长大的人确实有一些治学上的不足；他年轻时并不知道

经历可以成为做学问的材料，自己参与了历史时刻，现在想回忆都苦无细节。好在他知道这一点并不晚，他在晚年的生活，就是阅读、交流并记录。他说，居然一年就能记下十几万字。

作家阿城居然不经意地闯进了“河图洛书”领域，这是一件有意义的事。他的研究成果学术不论，就学问而言，这是生活的而非纸上的，是个人的而非经院的，是经过千磨百炼的积淀。这种学问的人生收获重于其问题意识。古之学者为己，今之学者为人。

有人问他的朋友，你受难半辈子，除了学院和社会上那些“知识正确”一类的知识，你有可传的学问了吗？朋友答，以前也以为学问只是专业记诵圈子表态之类，但真学问与人生不曾分离。五十之年，只欠一死；未死只是等待学问之道有所传承；这个学问既从古人那里传来，又有新的发明发现。

知识界

人格的独立、精神的自由是不能权宜假借的。据说，50年代的文化界，只有傅雷和巴金不领体制的俸禄。鲁迅说："今索诸中国，为精神界战士者之安在乎？有作至诚之声，致吾人于善美刚健者乎？有作温煦之声，援吾人出于荒寒者乎？"回过头看，傅雷和巴金多少分领了那个时代的至诚和温煦。

有人注意到，历史学家高华去世，人们在赞颂他的精神的同时，却很少有人真正愿意成为他那样的学者，真实朴素地去追问历史。高华是问道不问贫的。但很多人以为时代不同了，道和生计可以兼得，结果误人误己，也娱人娱己。高华在精神层面上超越了世俗，而多数人在人生的道路上小成即堕。

我们曾经对时代的一些弄潮儿寄予希望，为其加冕，称其“文化英雄”。一些人甚至希望把自己的真知灼见快递给他们，以给他们资粮。但这些权钱大腿间冒出来的人既不了解前人的努力，又对人们的建言不屑一顾。按费孝通的说法，这些人代表的是一种“时势权力”。如果我们真寄予希望，那说明我们也只是势利之徒。

三十年来，文学、社会学、经济学、法学和政治学等等，也像时尚一样轮流上场，坐大一时。有人借势上行，不免自大优越，可以对他人颐指气使。他们说起专业的黑话来，除了圈子或二三知音外，多半自绝于社会。知识的传播就有这种极不均衡的现象，人们争论，多半是知识产权所有者之争，如福柯战詹姆斯，关公战秦琼。

科学家的蔑视权威更惊心动魄。他们有的人乃是一个完全不同的世界的居民，他们不是给定现象的居民，不是经验世界的居民，而是向人们敞开的、数量化的规律性的世界居民。他们并不乐观，但坚守着人间正义和宇宙逻辑：他们有宇宙尺度，从哥白尼以来国际天体物理界就有关心世界公义的传统……

我们要求别人认错、忏悔，可如果自己的知识观念也是一个错误，该怎么办呢？一如朋友说，李泽厚一生重要的观念：“救亡压倒启蒙”、“告别革命”，今天看来都是伪劣产品。历史上经常会有一些“文化强人”、“青年导师”或“知识暴发户”，把本来的文明领入歧途。诗人感叹，像弥尔顿那样的人就把英语诗歌耽误了二百年。

像何炳棣、唐德刚、黄仁宇这些海外史家，因为距离或历史眼光，而对新中国有过失误的评说。其动机并不全错，错在那种迷失自我和貌似客观。假如他们真的愿意给人们提供可靠的思维产品和精神食粮，他们首先得反思自己的病理。我们都犯过这样那样的错误，只有诚实地面对这些问题，才能抵达真正的历史。

李零先生在文史研究之余，经常笔涉现实。他在“生死有命，富贵在天”中论及周易的占卜，说占卜跟赌博同源。李零提到美国人拉姆斯菲尔德，“我不知道他知道不知道，为了杀一个萨达姆，他害死了多少伊拉克人。”如果有人问李先生，“我不知道他知道不知道，萨达姆已经害死了多少伊拉克人。”他该如何作答呢？

我们嘲笑他人拍脑袋决策，但我们自己也容易拍脑袋定论。经常看到或收到这样的话，国家快被瓜分完了，腐败更加严重，三五年后将要出大事……这些话总是“正确”而空洞得一惊一乍，连知识都谈不上，遑论智慧。我们众多优秀的头脑就这样忙于给外界定性，既提供不了事实，也提供不了辛勤劳动的精神或物质成果。

我们经常说，学术甚至传媒乃天下之公器，具有相当的客观公正性。但我们很多从业者把学术、媒体利益化了，从公共利益演变成职业、行业利益，从职业行业利益再寻租成为部门、机构利益，从部门利益再窃夺为一己之私。这跟行政领域大同小异，所谓国家利益部门化，部门利益个人化，个人利益货币化。

有年轻人到我的朋友那里聊天，谈起当世人物，这个性格有问题，那个读书少了。朋友耐着性子听完后说：“真是要恭喜你，你已经可以跻身于当代的文人学者之列了。你可以拿着放大镜和显微镜，去找袁世凯、孙中山、宋教仁、蒋介石的不是，可以做洋洋大论了。”朋友最后说，用观念及表象去评人论世最容易了，但有何用？

有人批评“我们的学风”，读什么信什么。流行市场法治时，学者们像拿着两把刷子，一把市场一把法治，刷来刷去，刷满自己的文字，刷满众人的视野；现在国学等又“先进”了，人们开始刷国学。这是立身非诚，而是立于伪了。朋友说，这跟学风无关，这跟社会的心智有关。这个社会喜欢这样的类人孩式的暴发户学者。

与时浮沉一类的想法多少异化了我们，使我们三年五年，甚至三四十年或一辈子都白过了，我们没有立起来，没有积累什么。我多次说，只要看看美国二战后到70年代的三十年，再看看我们这朝三暮四的近四十年，就明白我们在知识积累上是多么贫乏。我们可用于教训自己教化社会的工具是不足的。

一群无知的人相互讨论的结果还是无知，而且会导致混乱。邓小平的“不争论”有避免这种现象的知识论意义……但遗憾的是，我们很多人仍热衷于话题、命题的讨论和传播，很少从社会经验中纪传出真正的知识产品。老外写的《寻路中国》一书多少帮我们填补了一项空白，不少人说，看了这书，真是羞愧啊。

以一个人在“独立思考”为理由来原谅并宽恕其罪错言行，可能是前现代民族国家转型艰难的原因之一。经常听到人说要理解某人，因为他是独立思考。但知道自己无知，跟不知道自己无知，不可同日而语。在一个缺少逻辑、思维工具的前提下，所谓的独立思考不过是想破了脑袋好让它进水。难怪有人问，亚洲人会思考吗？

由于无知，我们很多人道听途说或浸习了一种学说就开始横行一时。情形类似《西游记》里的许多仙人真人的僮仆坐骑，偷得一两件法器就来下界称王称仙称精称妖，什么鹿角大仙、独角兕大王、无底洞女妖、虎力大仙……人间妖异层出不穷，难免让人绝望，天界的小跟班们怎么不跟着仙人修行却都下凡了？

当一个时代及其个体成员需要知识一类的安慰时，它最有资源的人士总是寄望于权威、德高望重者、精英成功人士。我们今天的各类国学班、老板班、管理班等等因此大行其道。人们可以花巨资听一堂课，唯独不愿意花资源养成新人新知，不愿意费小时以读一本两本知识产品。这样的人班学习实在不堪，他们终其一生不曾毕业。

有些人年轻时读书有问题，中年时躲进圣经或佛经的怀抱，开始妄言是非甚至给人“判教”。其实，他们读了圣经佛经，可以去信仰，但切不可对社会轻言药方。他们需要反省，何以多年来不断“转身”“变脸”，自己究竟有无健全开放的心智？如果他们不思经验教训，仍大言欺世，那么我们这些旁观者就不必当真。

听到书店频频关张的消息，有些难过。我们小时被教育说，要好好读书，今天却没有人理会读书写书人的命运。在唯物教和拜金者眼里，书意味着“输”。所谓孔夫子搬家，尽是“输”。好在吾人基数之大，仍有飘零之花果，在浮躁时世给我们希望、安慰。在农村生活时，杨绛问钱钟书如何，钱认真地想了想说：“没有书。”

由于文化人提供的公共服务产品不够、不到位，使很多有追求的人只好自行解决，自己去研读思考存在与世界一类的关系。不少忙碌之极的企业家居然偷闲去啃一般文化人都很少去读的福柯、施密特、科耶夫，省事一些的交钱上个培训课，更多的人则忙于时尚阅读、时势阅读……我们的社会人格多缺乏知识的公共性。

当今，学院知识难以走入社会，精英跟民众分立进而分离……这种对立在历史领域尤其明显。我们每年出版的历史论著，多在专业圈子或精英内部自我循环，大众文化中有水准的历史作品极为匮乏。像房龙、贡布里希等影响几代人的历史著述，在中国尚不曾有过。

我们的社会世俗之极，但仍有不少人对知识一类的追求如饥似渴。荒唐之处在于，这种饥渴同样地对知识失去了平常心、尊敬心，他们总认为知识有秘法，一般人是得不到真传的。他们还认为只有自己能得到秘法，未得之前，尊敬之；得到之后，或大家都知道后，他们弃如敝屣，认为仍不解渴，仍不切己……

知识人

一个时代的审美趣味跟它的知识阶层相关，二者可谓互为因果。如果这个时代长不大，这个阶层也难以长大；如果这个阶层长不大，这个时代也多撒娇、蛮横、小情感泛滥。如果这个阶层难以提供世道人心之福音，它就成为虚伪的渊薮，一如圣经中的法利赛人。专横的世道及其人物因此总是偏好低幼、弱智、舞枪弄棒……

汪丁丁观察学术界后说：那些能够长期不发表言之无物论说的人，有其共通性格，即“激情”，一种“衣带渐宽终不悔，为伊消得人憔悴”的执着，一种非要活得精彩绝伦的冲动，一种“学不究天人不可谓之学”的追求。以此看社会文化现象，其无趣、跟风、空洞无物，正在于其弄潮儿们少此“激情”，多是投机，混个脸熟。

知识的生产、传播有着不同的面向。我对公知的理解较窄，我希望知识分子提供的公共知识产品更能丰富我们时代的精神生活，能够参赞我们社会的人生坐标。用外人的话说，这是“为有教养的读者写作的”。现实是，很多读者的眼光趣味被学院知识分子、媒体知识分子和志士们格式化、类型化、幻觉了。

发现那些不随大流的仁者勇者义者，是一个极有意义的工作，它提醒我们，即使有人像神一样主宰了一个时代，我们仍有独立思考的先知。更重要的启示是，我们对自己的世道不应绝望，即使腐败、犬儒、乡愿无远弗届，我们也不要大言或妄断当代没有什么什么，比如说什么没有真正的知识分子……

有学者向老板朋友感叹，做学问难，好不容易把自己的体系做活，却发现年轻人崛起，出乎意料地提供了清新的真理。老板笑答：“他们提供的不是新的真理，他们的存在本身就是新的真理。你这是高大全思想或征服心作怪。我们生意人都知道，你活，别人也要活，才有生意。说到底学问也只是为了自己活，而非去征服……”

有商人对年轻学者说，在不同阶层的人中，好像你们知识人或沾上知识气的人最为矫情、虚浮，总把眼前的知识当做标准或绝对的真理，结果陷入不断的变化、矛盾之中。大众倒是要接受得健康一些，所以民众的生活要平实得多。年轻学者反驳，知识人诚然没有尽到本分，但你们商人和官家等阶层何尝活出样子来了。

关于读书人的异化，尤其那些学而优则仕则市的人，那些进入体制中的弄潮儿。他们将权力、资本符号化，他们的符号又有资本和权力背书，欺世而盗。卿本佳人，奈何作贼？但因为他们是读书人，他们作贼而不自知。他们懦弱，但他们心里很悲壮；他们苟且，但他们自我感觉良好。难怪有人说他们是太监、二丑……

有人指责我们当代的一些知识人无特操，这确实是一个问题。昨天讲民国，转眼就讲施密特；今天讲市场法治，转眼讲读经通识……知识人并非不能天覆地载，只是要有一以贯之可立的自知之明。这也是我们社会多年来流行的病症，从主义救国，到市场救国，德治救国，法治救国，读经救国，我们多把自己都不正信的东西用来要求别人了。

有江湖艺人对某学者说，人能弘道，非道弘人。但你们的道跟我们的道不同，市场这么多年，知识精英有多少是我们阶层或平民中的一员？你们反而像防贼一样防着我们中间的代言者，说我们民粹或小平头知识分子。你们不过是自古及今的云中鹤，飞来飞去傍体制而已。如前贤说，穿同样的鞋，我们是走流沙，你们是走富贵……

一朋友跟一诗人分析起当代社会，左和右，民宪和儒宪，改良和革命……诗人说，“你们不就是活成了一个知识分子或伪知识分子吗？你们离中国人的心灵还远着呢。”朋友无奈：“你的控诉一针见血。我们用观念掩盖了生存的犬儒或乡愿，因此对国人最迫切的需要熟视无睹。我们多多少少远离了曾拥有的真诚……”

每一时代的知识人都是其世道人心的立法立言者，是批评者，理想人生的捍卫者……尤其是中青年知识人的产出构成其时的公共服务品。跟80年代相比，今天的出版市场是空前繁荣了。这也给当代知识人以挑战，在众多经典性、娱乐性、庸俗性的知识产品之外建设公共性。衡量知识人的一个尺度也在于他是否参与了这种公共建设。

有朋友感叹说，我们的知识人写书要么俗不可耐，幼齿弱智，要么圈子，最多波及小资，就不能为大众社会写些常识感的东西吗，就不能为中产阶层提供相应的安全健康的产品吗……这似乎有道理。我们的市场或大众社会似乎存在，又其实相当虚幻。这么多年，没有多少专栏作家、图书作家出现，又何怨?

很多人观察到，不少中国学者走出书斋，对社会表态时，其言路思路跟街头大叔大妈们并无二致。“这些学者所论与记者在街上临时采访的路人所言相差无几，不过使用‘术语’更多而且通常都能连续不断地说上好几句且不歇气而已。”这种“坎陷”大观，使得知识人自生自灭，或者只是世界知识下的地方知识的看守而已。

知识人跟社会的关系。我们除了媚俗、失心疯，大概就是讪世卖才；能够静心淡定的太少，也太难。我们的表达要么横霸，要么冷漠，是谓理性、逻辑。年轻朋友说我们不切己，多暴露自性灵觉的昏沉、懈怠和堕落。我们的研究，不过是考据的、描述的、帮闲的、凑热闹的，而不是安身立命、开创生命意境的学问。

在我们参与的当代闹剧里，最有欺骗性的词汇之一是“实现财富自由”，似乎现代人的财富占有是一个标准或理所当然。这对知识人尤其讽刺，如果他们的人生跟中产阶级或小康生活合拍，那实在是世道人心之罪恶耻辱。前人感叹过：“求田问舍，怕应羞见，刘郎才气？”卖草鞋的人都知道济世，知识人更该以知识服务于世。

政道分流，知识人守道不免孤独，参政不免露怯。诸子之后，知识人就不再是大政治家型的人物了，而是顺臣、子民、诤友。有野心者也只是想做帝师、王师、国师；等而下之的卑劣者，是奴才、帮凶，是变着花样折辱同类和民众的罪犯。要以平等心态在官界、商界、大学之间出入自如，似乎还需要漫长的演进。

绝大多数知道分子并不是修道弘道、道成己身者。一般说作文要有诗文基础，但背诵并不能保证会写一手好文章。我知道有人会背万首古诗，有人会背诵莎士比亚的全部诗篇……但他们都没能以诗文出名。我年轻时也几乎能背诵穆旦的全部诗歌，但跟我尊重的这位兄长般的天才相比，我自己的诗歌创作实在无足称道。

带年轻人去一作家朋友家里聊天。作家的清贫、高洁、专注给人留下很深的印象。离开后，年轻朋友一度泫然欲泣：这样的作家为什么不为社会所知。我安慰说，何世无奇才，遗之在草泽。他和堕落的社会相看两厌，如此才各得其所。我们自己不也多关心政客、流行，很少关心汉语精神的当代演进吗？

我们在价值观上的紊乱其实是心智蒙昧的表现。观念的崇高、势利、合群而大、优雅、流行等等层层加码，把立身处世最简单的道理如诚实、不伤害他人、人的权利和目的等等遮蔽了。很多知识人为人鄙视，即是他们垃圾般的文字把生命和生活的道理吞噬掉了……

有农民朋友说，你们反抗，多是在认知世界里做游戏；在生活中，你们的皮肤没有那种痛感，你们的心灵没有那种耻感。你们的反抗不是出于身体发肤的需要，也不是出于心灵的需要，而仅是出于某种场合中的认知和姿态需要。你们大部分都在心安理得地过着自己的小康日子。

四／史鉴

史鉴

在对历史的怀念中，我们似乎应该记得我们是从历史走过来的。社会发展是会倒退，社会发展也会失去一些人心中的好（有时即地狱）。民国如此，“文革”如此，儒门的好日子也如此。失去了好地狱，我们才从四面八方、一盘散沙走到一起，走到一点。这个点即吾心，即人类情感认知的急迫性。

由重、黎来“绝地天通”大概是我华人文明史上第一次防火墙运动。从此以后，普通人失去了与天地沟通的权利和能力，他们不能探求知识，只能被给予。随州人的方言中，灶房、厨房被称为“重屋”，是对上古掌管火的祝融氏（重、黎）的纪念。一年到头，人们都难跟老天沟通，只好求灶王爷去跟老天说点儿好话。

文王父子将先天卦序移花接木地换上后天卦序，大概算是文明史上第二次防火墙运动。这次运动的实质是把知识的次第搞乱，使知识的探索者想破脑袋也探索不了真知。孔子的礼学、仁学、易学三阶段就表明他不是从客观世界起步的，他的易学也打上伦理印记。千年暗室，科学不昌，至今犹然。

一二百年前的英法美等国的文化消费，似乎为今天的我们所不及。那样的国家或小城，居然有那样严正而热烈的文化消费能力。巴黎一地的出版，足够百科全书派、浪漫派或什么人指点江山。初出茅庐的丘吉尔，在英伦小岛写书，居然让他有了一生的生财之道。如果丘吉尔不能靠稿费生活，他大概不会对英语写作精益求精，不会那么自信自负。

一个苟且乡愿的精英阶层带领自己的社会最终活出一种什么状态。我们历史上从来不乏这样的状态：没有人负责了，决策分散化了，皇帝二三十年不上朝露脸，露脸的官员都是游龙戏凤式或口含天宪式……民间抗争、儒生清议、士人专题研讨会等此起彼伏，社会照样运转。在这种消磨时间的状态里，我们活得也确实跟文明时间无关。

曾国藩和洪秀全等人消解了神权和皇权，康有为、光绪和慈禧等人消解了君权，李鸿章、孙中山和袁世凯等人消解了王权……专制权力逐步递减，释放出混乱自由的舞台，君子大人和权贵大人退隐，圈子、尚黑尚厚之党、小人们粉墨登场。但这个近代未能开结出大众的政治时代，反而一再被巧取豪夺，剥落殆尽。

1972年的《中美联合公报》。中国方面声明：哪里有压迫，哪里就有反抗。国家要独立，民族要解放，人民要革命，已成为不可抗拒的历史潮流。……美国方面声明：各国应该互相尊重并愿进行和平竞赛，让行动作出最后判断。任何国家都不应自称一贯正确，各国都要准备为了共同的利益重新检查自己的态度。

一百多年前的君臣和子民以为，没有中华的茶叶和大黄，洋人活不下去。三四十年前，我听说台湾地区、美国、亚非拉的人民生活在水深火热之中，等着我们去解放。今天的不少中国人以为西方在危机中，有待中国去扶持。我说当代人的眼光跟林则徐差不多，很多人说，不会吧，我们这么开放；我是否应该说人们的眼光跟印度等一些地方差不多。

历史学家自承常有一种秘密的偏好，即做假设，一种“无谓的聊天室游戏”，对历史做反事实的探讨。最有名的例子就是“埃及女王克里奥佩特拉的鼻子”问题。传说中的女王美艳绝伦，罗马大将安东尼就在她的裙下臣服，最后身败势亡。法国思想家帕斯卡说：“埃及女王的鼻子如果长了几寸，世界历史必将改观。”

孔子们对易的传承使得群经之首的易经成为至今未能清晰解读的经典。文王父子的防火墙意义深远。这有点儿类似学校里简单灌输的历史课。其结果之一，是让人至今难能拼出现代史的完整的轮廓；而十数亿的国民，在科学探索上的成绩难跟欧美相提并论。

大历史学家也有做历史假设的喜好。汤因比就说，亚历山大大帝如果不是三十二岁英年早逝，而是多活了几十年，人类历史会变得多么不同。他最有名的假设是关于自己的，他说如果可以选择，他愿意出生在公元一世纪的新疆，因为新疆在他那里是多种文化交汇之地。今天的城乡结合部或云南等地相仿佛吧。

关于西方文明的一个假设。公元前701年，亚述王辛那赫里布率大军包围耶路撒冷，但因突然爆发瘟疫，功亏一篑，耶路撒冷遂得以保全。如果不是瘟疫，耶路撒冷一定城被破，人被俘。在那个时代，这样的结局就是人口灭绝，犹太族从历史上消失。那么，后来的基督教文明根本不可能出现，西方文明是另外一个样子。

对历史进行假设极为重要的意义在于消解“历史必然性”、成王败寇的逻辑，即历史中人物事件的演变在当时是偶然的、选择的。留存下来、笑到最后的胜利者没有那么伟光正，没有那么乃圣乃神。对自由的头脑来说，这种思考的意义更在于坐史望经，使思考进入到文明史和自然史的演进中，从而有望实现某种突破。

有朋友说读了《大民小国》，发现对历史人物的研究介绍还有一些角度，比如心理学、教育学，我只是从常人的理解做了尝试，远未到专业的程度。我说，是这样的，如能把社科研究的方法用于人文历史，会丰富我们对历史的理解；张宏杰先生曾用心理学的角度写历史，就很可观。朋友说，这也证实历史仍值得我们不断地发掘。

第一部分 时代寓言

经过多年的奋斗之后，我们是否还能坐在一起谈论家常？回归伙伴之我？很多人成功地象征了权威、富贵、学问、智力，唯独难以展现他作为寻常个人的存在……甲和乙曾经那样亲密的同伴，但谁能想到他后来牛上去了就不能再下来，以至于甲只能感叹：谁还相信我们曾经在一个锅里吃过饭呢？

据说我们对历史人物的记忆多着眼于暴君、屠夫，很少记得那些建设者、那些仁者志者。因此有人以为人类实在是一个忘恩负义的种类，斯大林则以为令人恐惧比令人爱戴更伟大。在庆祝独裁者死亡的日子里，我们是否知道自己心中记忆的人物多属哪些；只有多关注仁者志者，独裁的倒掉才不会出于“自然死亡”等原因……

孙中山说国人不会开会，至今百年，我们的会议或聚会模式仍是势利本位。有人说，我们聚会多是一个中心跟若干群众或奉陪者之间的接见、看见关系，彼此看见也就彼此满足了。至于他自己，有时未被邀请奉陪都会在心里有小小的别扭。这都是什么事啊，在中国这个语义场中活着，呼吸这语义如同空气，你不计较都不行。

民国

1923年，中山先生辞世前两年，他跟可以抓到的“救命稻草”签署了《孙文越飞宣言》。宣言第一条：“孙逸仙博士以为共产党主义组织甚至苏维埃制度，事实上均不能引用于中国，因中国并无可使此项共产主义或苏维埃制度实施成功之情形存在之故。此项见解，越飞君完全同感……”他判断错了。

比起毛和郭的关系，蒋和胡的关系值得研究。很多人以为蒋的观念是旧的，蒋也在日记中一再表示了对胡适等人的不理解，甚至骂胡为“最无品格之文化买办”、“投机政客”，但这不妨碍他们二人公开的友谊和基本尊重。盖棺定论时，蒋也对胡做了同情的理解，称其“不脱中国书生与政客旧习”，但有“正义感与爱国心”……

多年前在一个“少数俱乐部”演讲，我说，如果要我给某君送几句话，我会说，后人看历史是决定的，历史在当下是选择的。最近整理汤化龙的材料，武昌首义能够成功，汤化龙极为关键。这个绅商阶层的代表，如果不那样选择，我们看武昌起义，就只是报纸上豆腐块式暴乱消息，历史“决定”了它没有成功的希望。

我在《非常道》里提到一个细节：“中华民国”“行宪”四十周年纪念时，年迈多病的蒋经国坐着轮椅坚持去致词。结果，他容许浮出水面的民进党在会场内外示威，民进党人还打出“老贼下台”的条幅。我曾经自问面对这种待遇是否能够释怀。这对政治强人来说，可谓大辱；但蒋容忍了，他一定伤感，也不无宽慰。

我们很难理解历史上的开放：个人曾经中西贯通，国家曾经参赞文明世界。1942年10月，美、英两国政府决定放弃在中国的一切特权，废除不平等条约。蒋介石发表告全国同胞书：“这不仅是我们中华民族的历史上起死回生最重要的一页，而亦是英美各友邦对世界人类的平等自由，建立了一座最光明的灯塔。”

人遇到大事可见其动心忍性的功夫。1943年，蒋出版了《中国之命运》，其中说，“我对于中国各种思想与组织，不但没有加以妨碍的意思，而且希望他亦能发展，亦能成功。”该书引起中共等强烈批评，以至于很多人对蒋说这书出版得很失败。蒋回答说，“我写了一本书，若是没有强烈的反响，那才是失败。”

蒋曾请胡适做总统，胡适没有答应。有人以为，胡适丢了一个千载难逢的机会，丢了孔子、孟子们一辈子都追求梦想而不得的事情。胡适没有意识到，他只要一个形式，在位子上坐几年，就开创了先例，学者可以和平地成为国家元首，真正的政治制约就在其中。先名后实的历史机遇，在胡适手里溜掉了。

陈寅恪：“默念平生，未尝侮食自矜，曲学阿世，似可告慰友朋。”梁漱溟：“我愿终身为华夏民族社会尽力，并愿使自己成为社会所永久信赖的一个人。”……前现代社会的圣贤功行多跟现代文明国家的公民人格相当，这是一个有些悲哀的事实。我们很多人虽然都心向往之，却两头不靠。

想起民国实业家，让我们今人惭愧的人物太多了。如知识人关注不够的“面粉大王”、“纱布大王”荣德生。有一次荣氏家族开祠堂酒，族长请荣德生在宴席上坐首位，荣德生说：“钱不等于地位，我应当坐第几个位置就坐第几个，你虽然没我有钱，但‘人穷不让辈’，我没资格坐这个位置。”

给《卢作孚箴言录》作序。我说，卢作孚这样的圣贤是“一个深得自由真义的心灵和行藏极度自由的精神个体”。“卢作孚的社会园艺家之生活、范旭东的企业王国、张謇的南通实验等等，确实远比当代成功人士的生活更纯正、更丰富、更阳光……正是他们的生活，才真正在纯粹的商人之外，奠定了极为丰富的中国人生实践。”

有商人对学者说，传统生活中的个体，其相貌和气度在人生精进中会趋于某种境界。梁漱溟先生让来客如受电击，如照肺腑，徐迟先生晚年现身让一群高谈阔论的官员像小学生一样鸦雀无声……这就是传统说的使贪者耻、庸者志、顽者立、懦者勇……我们现在都很汗颜啊。学者说，一切都来得及，就怕我们甘居下流。

1927年，邹韬奋以《生活》杂志主编身份，发表《世界各国财富的比较》，其结论是，“美国最富，英国其次”，“中国的国富居然列在全世界第三位，在德、日、法之上”。用今天的话，当时的中国是世界第三大经济体。邹韬奋说：“可惜军阀把持，兵费徒耗，弄得民穷财尽，只有慨叹。”

1945年8月15日，据说陈布雷生病，蒋介石自己写下宣布抗战胜利的演说文稿。这位在耶儒之间出入自如的现代中国的领袖说，要感谢忠勇牺牲的军民先烈，要感谢盟友，尤须感谢国父，“而全世界的基督徒更要一致感谢公正而仁慈的上帝”。蒋自承，基督宝训上所说的“待人如己”与“要爱敌人”两句话，令他发生无限的感想。

有人曾猜想，假如袁世凯当了首任总统后就死了，或做了黄兴所说的“中国之华盛顿”，他的“历史总成绩”会高得多。他宣布取消帝制后极为难堪，并说，“我历事时多，读书时少，咎由自取”。从一国功臣到历史小丑，真是咎由自取。他还感慨，“吾今日始知淡于功名、富贵、官爵、利欲者，乃真国士也。”

人間世

有人说，好人难得了愿。假如孙中山晚死几年，中国的政治或许会是另一番样子。这位打打杀杀大半辈子的革命家和思想家，晚年大概多少明白暴力的重要及其限制，因此，他才能抱病北上“和谈”，跟多年的对头们合作。只是历史没给他多少机会了，肝病，火大，出师未捷……他的遗言是，和平、奋斗、救中国。

钱穆先生一生为中国文化尤其是儒学“招魂”。据说他曾打金钱卦测算国运，但更值得注意的是他不占而卜的修为。1949年，他对劝他留下来的人说，君治古文辞，看军队渡江的那篇布告，有无大度包容之气象？钱自己从中读出了世路英雄不能涵容万有之气，怀疑自己不能见容，所以转赴香港。

关于人的相貌，我们也多爱谈到民国。民国人当时就有品评之风，国共两党的美男也确为一时俊彦。今人陈丹青对鲁迅的相貌有过长篇解说，相当精彩。我在《大民小国》中写章士钊时，提到学者夏双刃梦中听人提醒他，章士钊具“朋友相”，因此跟政治文化各派人士都如朋友交往，这也给理解老章这样的人提供了独特的角度。

为我国人立心立命，一百多年来，数代知识人提供过答案和个人选择。康有为梁启超章太炎一代、陈独秀胡适鲁迅一代、顾颉刚陈寅恪郭沫若一代、殷海光顾准李慎之一代，然后是高尔泰李泽厚一代，中间消失，然后四五一代如秦晖等……后来者或有诸多不满，但我们对他们可超不可越，更不可臧否得刻薄。

我自横刀向天笑，去留肝胆两昆仑。梁启超说其中之一指大刀王五。这是梁对他战友心地最为精当的解读，也是读书人对江湖人最高的回报。仗义每从屠狗辈，负心多是读书人。但到了谭嗣同和王五那里，这一社会中的功德和罪性现象有所救赎。谭嗣同为我们读书人争得了荣誉，王五再一次证明了屠狗辈的肝胆侠义。

因此重要的在于立命之诚之正。观念会变的，故因信称义因名称义都应让位于生命之义。年轻的胡适在北大讲课曾经差点被学生赶走，顾颉刚请傅斯年去听了胡适的课，学生领袖傅斯年的告诫是："你们不能够闹。这个人读的书虽然不多，但是他走的路子是对的！"傅斯年的知识论算得上正当有效。

胡适之先生一百二十周年纪念。《非常道2》是我的胡适版，我对胡适之先生一直心怀感念。数年前出的上联涉及到他："以少子命行长子运，可否托付天下？"

1912年2月，由张謇代笔的大清国皇帝逊位诏书发布："今全国人民心理，多倾向共和，南中各省既倡议于前，北方各将亦主张于后，人心所向，天命可知，……特率皇帝，将统治权归诸全国，定为共和立宪国体……"遗憾的是，后来政体未能跟着国体演进。

五／鉴人

春秋

文王父子的知识变异，使得孔子这样的“天纵圣人”在防火墙内无论如何努力都未长成多少科学或逻辑思维。他晚年好易，简单的易经本来读一遍即可，他却“韦编三绝”，把绳子翻烂了也没有发现时间的秘密，只能在文王给定的卦序中打转，牵强附会出一大堆义理，微言大义。当然，他开启的易传不是没有意义的。

孔子没有多少爱国情怀。他的梦不在春秋的鲁、齐、陈、卫，他的梦在周公、三代以上，这个造次颠沛于是、念兹在兹的梦没有成就现实的大同，却无意中成全了当时文明面临革命前夕最稀缺的思想理论……用雅斯贝尔斯的话是，孔子参与的“轴心时代”建构的思想原则塑造了不同的文化传统，也一直影响着人类的生活。

收到台湾联经版的《老子传》，改书名为《老子这样说，这样活》。这是拙著的第三个版本。我还记得当年写作时的痛快，我确信自己变成了老子，老子是我们自家人，我借老子之口说了很多话。“这些本能的灵魂，让我忧伤。但如果我的道能够提前把你们领走，如同最终的黑暗给予你们临终之眼或死亡的美丽，你们会跟我走吗？”

老子觉得人一生的事业还在于历史的传承，它若有若无。但当老师、孔丘甚至杨朱、文子、庚桑楚、南荣们的面容浮现出来，老子知道，这根文明事业的线索清晰地存在着。老子想，旁观者的意义也许就在于如此积极地介入了历史。老子温和地看着孔丘，就像是看到了道不行于这个世界后的庄严国土。

一度对孟子不屑，觉得他的人生太像成功人士秀了；最近三个月因缘又看了两遍，多少认可了他。在战国那样一个资源利益大重组的时代（当代的经济战、政治战、文化产业兼并战庶几可比），孟子提撕出“性善”、“义”等等来，迂阔而要胆识，他称得上大丈夫。这是一个几乎完全理解并安顿了当时人类才能的人。

常听人发高论，如果生活在春秋，要交友什么人；生活在魏晋，要跟什么人为伍；生活在宋明，愿做何人门下走狗……我们的时代有孔子墨子，有竹林贤达，有苏东坡徐文长，有鲁迅胡适……只是他们仍不合时宜，他们是“丧家狗”。有一次一道长说，我们的时代也有毛，只不过他在当小学老师。

我年前给千年前的墨子写信。在《老子传》中，我也提醒了这一类人的存在："他以自己的天才力量不仅沟通了天地，而且沟通了上层下层，沟通了大人先生和黎民百姓。墨子以游士身份不曾依附上流生活，却把自己锻炼成了人民，从历史的黑暗中浮现出来。"

孔子为什么反而不倒。"无论来自外部的反对派如阳虎、叔孙武叔、齐景公，还是内部的反对派如墨子、庄子、楚狂，还是后来的李贽、五四巨子、毛泽东和'文革'小将……都不足以撼动这个国度以及它当之无愧的开国领袖。"重读旧文，我是不是把孔子写得太神了？

第一部分
时代寓言

鉴人

一云南学者来京，聊起陈丹青，我感叹说，有才啊。老先生一脸得意："庄子有一句话，用在陈先生身上合适：是其尘垢秕糠，将犹陶铸尧舜者也。对吧？"妙喻如此活用，看老先生对丹青先生的喜爱，不由人不点头称是。想陈以艺术人生之余事，而能在文史领域自造一天地来，确实令人佩服。

刘小枫先生是师长辈中的读书种子，我却有读其文字痛惜难过得几乎失眠的经历。问过张志扬先生，跟小枫先生坐在一起时仍有些尴尬。好在小枫虽然视网膜脱落过，仍能跟我们"频频举杯"。生活远高于什么什么。小枫问我自由派大佬，我说了一句很伤自己的话，看不上。我问小枫王焱如何，他说，不错。

人間世

我们对历史及其人物容易想当然，但一些细节会校正我们，比如神话般的爱因斯坦。数学家陈省身说，他到老爱家做客，发现老爱书架上的书不太多，但有一本老子的《道德经》。今天的国人当中还有一百多岁的周有光先生见过老爱，周的印象是老爱的为人很好，老爱向周强调了人格教育的重要性。这是真的穿越。

一二十年前，刚从学校毕业，曾一度把名人挂在嘴边，动不动学术大师之类，什么伟大的罗尔斯，权威的福柯……有一次，一个海外朋友说，不要这么想啊，他们在我们眼里就是一个工作称职的教授、学问有成的学者而已。给他们加冕大师，跟他们站在一起，你的世界就有救了吗？人家的杰出成就跟你有什么关系呢？

南怀瑾先生“仙逝”。这个现当代史上的奇人异士，可谓肉身成道、人能弘道的典范之一。晚年的他念念不忘虚云大师，抗战期间在重庆，有一天夜间行路，九十多岁的虚云在前孤身一人，南先生趋前对虚云说，师父，太黑了，危险，我来扶你。虚老顾南微笑，脱臂而出，前路暗淡，你我各走各的，不必相扶。这是信言的语。

在黄土高原的一个村镇上跟一个老先生睡在一条炕上，听他讲一生的经历。这些生如尘土的人仍有着可想见的卓绝，老人讲起他的奇事幸事时会腾地坐起身来，我都不忍面对他那灿烂的黄土一样的脸。想起几年前在云南投宿三五元鸡毛店的经历，这些天荒地老的生态让人油然生长一种敬畏和愿心。

昨天去天津听王康演讲。久不出门，坐高铁到塘沽，一路开眼。见到王康编的《浩气长流》画册，既是历史沧桑又是精神艺术，真是值得收藏。老康是中心，有人感叹，啥都不说了，咱们在座的谁能致力自由民族文化复兴如老康者凡三十年的。大家赞同。我想，这里可引申的是，中途加入者当多识此前言往行，以畜其德。

赵国君先生称赞艺术家杜尚是自由世界里的“我佛如来”，是现代艺术中的“六祖惠能”。他说，杜尚要取消的就是艺术大师眼里的美与丑，取消的是艺术家们自以为是的东西，他致力于清除人类理性自负的狭隘和污垢。杜尚说他的财富是时间，“我喜欢呼吸甚于工作，活着多好啊”。赵国君认为，杜尚展示了自由的最高标准。

海内外的朋友自发组织纪念弘一法师圆寂七十周年的活动，我有幸参加。跟弘一法师也算有十几年的“缘分”了，这次参加纪念活动仍有收获。无论有朋友说看见弘一法师的字“想哭”，还是我说弘一法师代表人性柔美的一面，仍不足说明道成肉身者状态和成就，即勘破一切、精进勇猛的大无畏修行，这就是大雄。

在弘一法师的纪念活动中听到《送别》，感慨这声音余音绕梁，穿越了岁月，革命、阶级斗争、暴力、时代的风云激荡……都没有遮蔽这样的“中国好声音”。几天后回到京城，参加邓康延的《先生回来》闭幕式，跟现场观众一起唱《送别》：长亭外，古道边，芳草碧连天，晚风拂柳笛声残，夕阳山外山……

作家赵婕称道爱因斯坦的孤独，这不仅是形式上的独处，而是指从未曾彻底放弃对自我意识的掌控。老爱自承：我总是生活在寂寞之中，这种寂寞在青年时代使人感到痛苦，但在成年时却觉得其味无穷。真正健康的人类之子既淡化民族国家、思想观念方面的是非对立，也不从属于婚姻、家庭、朋友等任何一种社会关系。

老爱在中国一再“躺着中枪”。“文革”中他被批倒批臭，被称为“顽固、无知的资产阶级唯心主义者”等等。曾要求以色列删除在中国展出的爱因斯坦生平图片文字说明的三项内容：一，老爱是犹太人；二，他支持成立一个犹太人的国家；三，他曾被要求出任以色列第二任总统。

一位前辈生前告诉我，他目力所及，只有茅于轼算得上君子，为几百元的稿费还去税务机关交个人所得税。看茅老的言行，多有可爱。虽然他的观点有可商量的，甚至有“糊涂的”，我也曾一时冲动批评过他；但他是我们生活中的世臣、长者，他是可亲的。有的人也有温情或温文尔雅的一面，但他们在我们面前永远是“巍巍然”的。

夏承焘先生去世时，弟子周笃文随侍在侧。夏先生要周吟诵为其送行，周吟诵的是夏自己最满意的作品《浪淘沙》：“万象挂空明，秋欲三更。短篷摇梦过江城。可惜层楼无铁笛，负我诗成。/杯酒劝长庚，高咏谁听？当头河汉任纵横，一雁不飞钟未动，只有滩声。”周的弟子们转告于我，很是感动，记录于此。

台湾人程曜先生是科学家，也是我知道的难得的学者，有着强烈社会关怀的知识分子。这一次为捍卫清华大学的荣誉，绝食三天，可敬。清华大学近年跟北大一样热闹不断，让人痛惜。程曜先生表达了一个人的尊严和耻辱感，这让人想到了从清华大学离职的陈丹青先生。

人不可貌相，但相貌也是一个有趣的话题。有位网友点评杨奎松先生之后说，由于大量的能量都被大脑利用，加之国内人文学术圈普遍穷苦，导致国内许多著名学者外貌不佳。在这点上，杨老师略带清秀的面庞明显胜出。另有人八卦说，杨奎松是红二代，所以很早能接触到很多资料，故而学术上较有成就。

曾跟张宇光先生聊天，作家的被误解被低估是一个仍会不断发生的现象。陶渊明生前的成就几乎是七百年后才算得到中肯的认知，而冯梦龙至今被我们低估。半年前，宇光先生问我，你读过老村没有，你得再看一遍，有部作品他已经读了三遍，老村的成果超出时人之上多多。一个作家能有这样的知音，真是难得。

多年后跟钱理群先生坐在一起。“翩翩少年今白头”，两个白发书生坐在一起，我嗫嚅起来：老师，几年前写过一篇文章，对您有所批评……钱先生笑了，我看了，我看了，我觉得蛮好啊。回来看《幸存者的精神突围》一文，真是汗颜。

友朋

毛喻原先生是存在主义大师。他一直生活在我们社会的边缘，但著、译近三十种，并以自编的杂志、自酿的美酒、木刻、绘画、陶瓷……等多种产出服务于朋友和社会。他曾有名言："做一个普通人，是一个了不起的成就。"但最近他修改说，在中国，不要成为亲友的包袱，就很了不起了。

王兵导演对精英和有关精英说辞的警惕令人佩服。一次，有学者痛说在座包括他自己在内的都是精英，都在消费人民如农民，想当然地以为农民愚昧落后苦难。王兵简洁地说，你可能是精英，但我不是；至于农民是否过得自足快活，也非你总结陈词就可定论。王兵先生是少有的以命搏击人生的中国男人，活在真实和常识之中。

王俊秀当年辞去公职，他的辞职信是："以我现在的思想状况和水平，我认为我不适合继续目前的工作。因此，决定自谋生路。"这种"自谋生路"，不知道今天有多少知识人能够理解？立身处世的根基乃是知识正当有效性的前提之一……

缥缈认为《非常道2》的可观处在"后记"，这也是一种读法。我在那里说，今天的文明跟传统的人类骄傲并非同道："我们很少在创造人类的高贵，我们更多是在消费、滥用人类的财富；我们很少在积累，我们更多是在消耗……我们很少是可以生根发芽开花结实的种子，我们更多是吞噬养料制造废品、垃圾的病毒……"

周樱等人策划的海峡两岸少年儿童美术大展在今日美术馆举行，我有幸作为"特邀艺术家"参加。想想中国孩子们的遭遇真是令人无语，周云蓬曾经唱道："不要做克拉玛依的孩子""不要做沙兰镇的孩子""不要做成都人的孩子"……"不要做中国人的孩子，爸爸妈妈都是些怯懦的人"……我们这些活下来的，都变成"答春绿"了。但是去看孩子们的画，观象系辞，对我们成年人仍是一个挑战。

比起诗人胡子的日渐厚重，艺术家武文建仍拥有惊人的直觉。他给胡子提供了生存的材料，更提供了表达的形式。那些为"一泡尿工夫的爱国热情"激动起来的兄弟，那样多重蒙难，几乎永远活在地狱和炼狱中。读"这世界是一座窄窄的桥"，已有的库存里似乎无相应的汉语酬对。天哪！天哪！

诗人张枣回忆说，他的外婆是旧社会读过书的人，她很喜欢白居易。有一本《白居易诗选》，被她锁在装粮票和钱的柜子里，有空就拿出来读，最后都被翻烂了。外婆还喜欢杜甫，在她带小张枣生活的一段时间，张枣老爱踢被子，有一天外婆对他说，真是“娇儿恶卧踏里裂”啊，并解释给张枣听，让张枣一下子觉得进入了一个新的世界。

“从半年前，直到昨天，人们还在揣度：他将要做什么？因为他被一些不可回避的矛盾所困扰，曾暂时选择了沉默。但他属于那种罕见的人，他们迟迟不作选择，可一旦作出了抉择便忠贞不渝；对这种人我们完全可以等待。总有一天，他会开口的。”我曾把萨特的赞辞送给导演王兵。

牟群先生给郑秀莲的墓志铭：“个人的能力是有限的，在男权的现世，女人的能力更为有限。但心灵和爱心却是无限的……倘若每个人都能慎终追远，舍己惠人，诚如长眠于此的她，则世界便会美好，生命便会延续，灵魂便会不朽。想夺取这个世界者，转瞬被历史遗忘。只有奉献于这个世界者，才会永远被后人铭记。”

人的道德感是实实在在的。立人的寇爱哲说，他以前在一个单位工作，虽然薪水并不高，但比起他的劳动，他还是觉得受之有愧。这种感觉积久而重，最终他辞职了，找到一份跟自己的能力付出相应的工作。很多年轻人都有类似的经历，不愿意如此少劳多获，不愿意不经付出不曾创造就得到报酬。

前两天在一家小面馆吃面，意外遇见了王克勤，他带着几个外地的农民来小馆吃饭。不用问，他在尽公民义务和记者责任。看着那些乡亲们，我们自家的血脉，他们的叹息早已凝固，如今幸而有克勤这样的“无情世界的感情”，庶几是他们也是我们的安慰。钟鼎山林，各有其性，但克勤这样加持世道人心的脊梁有着特别的意义。

有人称道梁卫星先生的思想家气质。我知道梁先生的一个故事是，有一年梁到北京游学，他以前教过的两个学生，分别从深圳和湖北来京陪他一起。学生都在社会上工作了，内敛、独立、自信自足，有着同龄人少有的沉静和坚毅。这一事实曾给我长久的安慰，让我意识到一个中学老师在如此体制中仍能成全当代的德性、情谊、责任。

殷之声是生活在河南的一个普通工人，他生前留下了不少日记、散文。二十多年前的中秋节时，他写了这么一段文字：“生命的延续是必要的，然而只有思想与精神的延续的生命，才是真正的延续。我们祝福自己的女儿能自立，能够吸取一切前人的良知，能够建树自己、发展自己、完美自己。”

昨晚去地坛医院看望梁和平，这位对世界有着罕见思考的艺术家在惨烈的车祸中奇迹般地保住了思考。有人说他是不可救药的性情中人，“中国新音乐旗手、流行音乐制作大师”，“自由音乐家”。80年代以来的艺术是北岛崔健们开创的，和平就是这开创者中的一员。如今他面临的挑战更重，识与不识都可回向于他。

六 文化

文化

人才与环境的关系很有意思。眉山出三苏，草木为之枯。人作为天地人三才之一，有时可夺天地造化之功，我们经常看到一个地方一时人才井喷，或极为秀出，如高家三虎，宋家龙凤，湘军淮军，从风从雨，而当地精华顿失，世代荒芜。故我文化讲正命，讲往反，讲回向，讲土返其宅水归其壑，人振拔了自己，但不能生死于非命。

传统文化的活力不在于现代观念可以解释它，而在于它的观念可以参与现代文明。遗憾的是，当代的读者跟作者一样，都没有足够的心理容纳传统的观念，我们都认同了影射史学一类的学问或戏说。把宪政、自由、市场等观念框架传统，传统没有活起来，反而像亡灵一样对现代施予了诅咒。

书香

《非常道2》没有收选乔帮主言行是一个遗憾，我是个技术盲；但看到国人对乔之归有那么强烈的反应，我觉得拙著立足于生命个体本位是对的。人的一生确实应该创造生命的价值和人类的财富。对拙作不必过度诠释，它只是我的读书收获，是我个人介入社会的行为。受过教育的人都编得出这样的书。

邓康延等人策划“民国最美书籍私人典藏展”，他们展出的民国图书今天看来真是亲切，“故纸温暖”。近年用功于民国领域者众多，今年更是辛亥革命百年纪念，民国确实有值得怀念之处。民国的特征用诗人闻一多在其中的感受，青春。闻一多大概没想到后来的“中年之音”虚无，琐碎，未老先衰……

这两天收到港版《老子传》，印制得很大气，接下来就该看台版的模样了。正巧外地一回族艺术家来看我，他去年花三天时间读完了这部作品，感受是我把老子写成凡夫俗子了，他说，老子当年正是如此。我对半个月内写成的此书颇为满意，曾以为二十年内无人超越。如今看微博中才士众多，觉得自己确实大言了。

读沃尔芬森的传记，这个澳大利亚裔的前世行行长，年少时感觉自己的一家并没有融入社会，退休后自信地跟年轻读者分享他的幸运和成就。他的希望是："每一个人，作为一个不断缩小的星球的公民，都能够在服务人类的过程中构建自己的人生，创造自我满足和愉悦的人生。"所谓的人类情怀和世界眼光，庶几如此。

小布什《抉择时刻》说"九一一"使他成为"战时总统"。《九一一与我》："我跟思想库的专家们讨论美国的对外政策，政策是否转向，美国是否有了行之有效的反恐对策……""我们所能做的，就是参与并敦促这种文明和个体的世界化进程……如伊拉克街头的百姓对美国大兵说的，你们为什么来得这么晚？"

读《吴思访谈录》，多有受益。吴思的使命在于建立一个更加精确的史观。五六年前，我称赞吴思"首先在官学之外，其次在学院体制之外，最后在学术写作规范之外"，进行他自己的表达。看吴思这几年的访谈，忽然想到胡适集楚辞对联："吾方高驰而不顾，夫孰异道而相安。"

我们的时代有最卑劣的人，也有最好的人。看前武大校长刘道玉先生的自传，读到三分之一处停顿下来，对自己感叹，这个人了不起。这个七十多岁的老人讲自己一生，写得多么坦白啊。文字简洁、干净，较很多文人都好。我虽然没见过这个湖北乡贤，却从此对他产生了可亲近的敬意。

郭宇宽的《王佩英评传》给我们还原了一个在“文革”年代遇害的中国女性的历史，王佩英是张大中先生的母亲，她没活在亲友和单位的“差序格局”里，而是因真理受难。四五十年前的她让周围难堪，同事和朋友流着泪说，“王佩英真的是疯了，她连毛主席都敢骂。”今天的我们没发疯，有疯也多在网络上疯。

读书有时候会发生惊心动魄的结果。有一年年轻朋友推荐了一本书《恩宠与勇气》，我跳跃着快速翻完，然后向别人推荐。一个不怎么熟悉的人问起读书，我推荐了这本书，并且装作了然于心的样子说，我对里面的一句话印象很深。结果我们不约而同地脱口而出，歌德：所有成熟的心都想死。

十年砍柴的《进城走了十八年》讲述了他上大学前的生活世界，这是一部可以勾起一代人回忆的作品。我数次打开并回到自己。感谢砍柴为我们忠实地纪传了一个乡村少年的成长史，读一个人即是读我们的历史。借用陀思妥耶夫斯基的句式，我们可以说，城市中国应该担心的是，它是否配得上乡土中国的奉献。

这两天重读刚亡故的收藏家路东之生前送我的诗集，其中的《闻画家被驱逐感赋七古》，写于十六年前，可称艺术家们的当代生态史。“三五成群说自由，背井离乡苦追求。求名求利求卖画，好画赖画开天价。……警车村口严查巡，见有疑违便抓人。昨夜有人已被抓，听说郊野正挖沙。一时村里人心乱，且做惊林鸟兽散……”

现代社会的生活圈子很重要。不在圈子里，就没有人为你搭台补台。费孝通自承，他的东西都是“圈外人语”，他不在圈子里，只能清唱一生。《革命将至》一书则告诫：“不要期待组织，不要信任所有现存的圈子，并且不要成为其中之一。”也许这种边缘状态或有机状态才会有自由人的自由联合。

一个刚入校门的大学生告诉我，他在读《单向度的人》，说边读边对照中国人的生活，真是受启发啊。我说，好啊，这本来就是半个世纪前年轻一代人的圣经，读这样的书可以锻炼人的心智。他的疑问是，中国知识分子努力这么多年，为什么贡献不了类似的知识产品？描述自己的社会不是驾轻就熟吗？

经济学家朱锡庆的《知识笔记》一书很好读。他说，除资源型经济以外，任何经济发展都是知识积累和普及的结果。中国最近三十年经济奇迹般发展，是民众知识体系更新的结果。他对中国知识界尤其是大学的结论是：“作用不大，既不是知识的源头，也不是知识传播的主要途径。”

《非常道2》得了年度畅销书称号，让我感谢一切买过、读过并作为礼品送给朋友的读者。据说行业内的统计是，到2011年，我国靠稿酬生存的自由作家和独立学者，“濒临灭绝，已不足千人”。“中国的大熊猫总数还有一千七百五十多只呢。”我幸而不幸地在这千分之一内。是否还要感谢中国是文化大国、第二大经济体？

在《神史》研讨会上表达了积久的歉意。我们一半以上的国民在农村“还活着”，《神史》几乎忠实记录了这一生存世界。五年前授予这部作品以当代汉语贡献奖，它的传播仍极为曲折。但也许它的传播才构成了少有的动人故事。《神史》跟当代史的一些片断如反右、“文革”、开放、维权等一样是真正的中国知识的源头之一。

在《神史》的研讨会上，钱理群老师跟我谈起他看重的小说，除了《神史》，还有一部梁卫星先生的《成人之美兮》：这是一部“教育小说”的杰作，钱先生说，1949年前的教育小说，可以叶圣陶先生的《倪焕之》为代表；之后的，则是梁先生的这部了。我说，因小说涉及到我，故没怎么推介。钱说，就是要推啊。

在给刚出版的《卢作孚箴言录》作序时说：“清末以来的中国，出现了无数堪称人生楷模的圣贤、仁者、志士……他们留下的人生遗产，连雄才大略的毛泽东都难以忘怀……”在报刊发表时，一些编辑好意地要将“毛泽东”一句删去。这里涉及到我们的人生和知识等状态，我们很多人仍活在毛的影响里。

最正经和最不正经的。吴虹飞的新书《活得像个笑话》讲黄段子，可看作青春成长的性史。有洪晃、慕容雪村、张发财等人的推荐，我也列在其中。我引了阳货批评孔子的话，“怀其宝而迷其邦，可谓仁乎？”阳货还感慨日月逝矣，岁不我与，逼孔子献祭自己。现代技术成果如网络微博让大家晒晒什么的，是否也是献祭呢？

在大理生活两年，为朋友的书写了四五篇序，最用心的是给野夫、金燕写的两篇。给金燕的序文《我们称为自由的状态》，说人们多是“背井离乡的人”，但是，“所谓家国者，非有威享家长之谓也，非有仁慈权威之谓也，非有三房两厅、名车别墅之谓也，当有语言、诗心之谓也，当有自由之谓也”。只要有此自由，我们就不会是“丧家狗”。

读傅雷的作品，感觉他和他译笔下的人物跟我们恍若隔世，但那种人生的自觉完善是值得的。读傅雷心中常有电闪雷鸣之象。虽然，这样的雷雨似乎没能浸润我们的世道人心。“不经过战斗的舍弃是虚伪的，不经劫难磨炼的超脱是轻佻的，逃避现实的明哲是卑怯的；中庸，苟且，小智小慧，是我们的致命伤……”

乔帮主是一个传奇，其五十多万字的权威传记在大陆热销，最近又有卡通版的《乔布斯苹果禅》推出，前者要花几天时间啃完，后者则是日本风味的车内读物。乔把对事物专注的能力和对简洁的热爱归功于他的禅修，这其实是人生的平衡。人的知识来自直接经验、间接经验以及内在经验，禅修在很大程度上是内在经验的收获。

莫斯先生在《凭什么心忧天下》中说，我们的文人多只能进行个人化的美丽抒情忧怨，在中国文人那里，知识就是软弱抒情和牢骚。莫斯说，没有思想，没有自我，没有独立的人格，没有追求真理的激情路径和献身精神，你拿什么去忧天下?!这样的拷问自有片面的深刻。一如俗话说，自己活得像鬼火，还想照亮别人。

老愚说《在和风中假寐》是他近年“心情与意志的完整记录”，“这些文字属于被许可的文字，那些更直接的有待于一个明媚的时代”。这个曾有着剃刀般锋利的作家，如今有了自己的“中年之音”。他写毛死时“眼泪夺眶而出”的孤儿感受，写舅舅、外祖父、父母等亲友，一如人生行传，在回忆、感受和对现实的思考中寻求安顿的可能。

历史不能假设，但我们总是忍不住要做历史的假设。读中信版的《强人治国：普京传》，看到有人说：“尽管普京的治国之道有很多缺陷，但它使俄罗斯恢复了自尊，为未来的繁荣与改革奠定了基础。在它的发展过程中，我们外人最好闭嘴，不要乱提建议。”但我跟不少人都想过，要是普京这次选举时就挂了……

《现代文明人格丛书》的诸多传主中，丘吉尔的文治武功令传统意义的君王或领袖黯然失色。刘婉媛三复其意的，却是丘吉尔的个体性，他是我们中间的一员，他有建功立业的胆略，更有回归于个人的智慧。对比我们中国的衮衮诸公，人阔变脸，架上台或争上台后再无个性自由；在刘婉媛笔下，丘吉尔的人生却是“最美好的时光”。

《现代文明人格丛书》的作者们虽然传写历史人物，却都有可观的现实关怀。有基督徒说，他信神多年，近年才悟到，任何时代有志青年的言路思路是“福音”。信徒们爱把传统经典当做福音宣扬，那些多是经典作家、包括耶稣，在青年时代发出来的声音。文明人格丛书的作者庶几近是，义人就是要传这类福音。

简直的《我想陪你去麦加》可谓“举重若轻”。我们多半以为当代的生活过于沉重、复杂，得有相当的大部头作品来呼应、留念。简直对这样的世道人心题材，能够驾轻就熟。他小说中的主人公们，同样在面对“生命中不可承受之轻”，轻回到青春的层面，重返生存的纯粹。这是用自己的努力，一点一滴地消解“利维坦式”的时代社会。

杨林先生把八大和弘一放在一起谈论，显示出人生形而上层面的圆融。二人都超拔出流俗时世，以一人之力教训教化一个时代。一个“无端狂笑无端哭”，一个“一直低到尘埃里”。“时代是阴性的、投降的、偷生的，八大却是阳刚的、性情的；时代是有力的、雄壮的、牺牲的，弘一是柔美的、护生的……”

季丹称赞张宇光（郎生）是“我们这代人的哥伦布”，“最早发现了西藏”。真正的精神性产出总是需要时间来培养、聚合属于它的读者听众，因其光芒过于耀眼，世道人心一时难以接受。精神的光芒注定寂寞，一如不为人知的雪山，孤光自照，肝胆皆冰雪。张前不久出版的《雪域历》就是这样一部雪藏多年的作品。

80年代的丛书着重于启蒙，其内容今天看已经被超越了，但它的精神几乎成为了绝响。隔了两个十年，我们才终于有了当代知识人的丛书努力。这套关乎人格的丛书（现代文明人格丛书）在当下国人精神溃败之际亮相，自有意义。非学院风格的叙事使两三个小时通读一本书。半天了解一个传主，其实也了解一个作者。

郑碧贤先生因为读父亲的日记而改变了人生轨迹，她写的《郑泽堰》一书是两代人的传奇。悲观的人比杞人忧天更进一层，多绝望于天要塌了，多困惑于天塌下来。天没有塌下来，我们中国人仍能够在这里生活，在生成自己的尊严，自己的人格，因为人世仍有美，有爱，有慈悲，有“中国的脊梁”。

陶涵先生的《蒋介石与现代中国》在大陆出版。蒋的“反攻大陆”是我们小时候耳熟能详的威胁，事实是“二十世纪政治史上不朽的幻想”。蒋晚年对美国人魏德迈将军说：“如果我去世时仍是个独裁者，我必将和所有的独裁者一起为后人遗忘。但是，如果我能替民主政府建立确实稳定的基础，我将永远活在中国每个家中。”

何兆武先生是知识界少有的“异数”，他一直是我们社会的冷静的“旁观者”。刘苏里先生曾把首届正则学术促进奖颁给了何先生，称其是西南联大学风的秉承者。何先生在《思想文化随笔》中说，历史学家的理论并不是从史料或史实之中推导出来的，反倒是历史学家事先所强加于史实之上的前提；历史学家乃是人文世界真正的立法者。

梁由之主编的《梦想与路径：1911—2011百年文萃》由商务印书馆出版。我们中国是文章之国，一百年来政客、商人、才子、学者、平民的论述浩如烟海，梁由之们提供了一个近两百万字的版本。这里有时空中的消息，我在提及它跟《现代文明人格丛书》有相似处时，忘了点题："我们都在阴沟里，但仍有人仰望星空。"

历经百年、已经千疮百孔的革命史观让位于改革史观或故事史观或今是昨非史观，历史任人打扮。但我们中国的"史前史"仍在继续，马勇先生说，要《容忍历史不完美》，他的著作是近年"重构晚清记忆"中的重要收获。他提示的政治伦理可能较历史记忆更有现实意义。

这两天读王鼎钧回忆录。年前初读时对他的语言之变体不太适应，那样叙述家乡、少年经历未免过于浮华；后来从第四册读起，倒是觉得他的混合体散文很适合写时代和个人之变化。重要的是，这样一位有大信的读书人超拔出他的时代，而能给我们人生社会的真、善和美。这样的人和散文，大陆尚无多少相当的产出。

连清川先生说他近年来越来越怕读刘小枫：曾经读而有悟，这几年来但觉得绞尽脑汁却仍然所获甚微。"到底是刘教授功力精进还是我终于流俗低下了呢？"补充清川先生一下，这里也涉及社会跟学院的关系。前者仍想从学院体制而非经典、常识和媒体知识人中汲取养分，即社会仍傍体制，是否可以说，社会还没独立自主呢?

刘柠的《前卫之痒》论及我国的物质繁荣及前卫艺术被“提前政治正确化”，可圈可点甚多。刘柠说前卫艺术在当下是一个颇暧昧的定义。刘柠是我知道的当代最优秀的独立作家之一，汪民安称赞他的写作，是“勇敢、诚实和责任”的见证。

奇人奇书不可夜读，读则失眠。昨夜读蔡文彬先生纪念母亲的文集，久久难以入睡。冉云飞有挽语：“育四男四女百人一家卅年辗转亲慈颜感念深恩宁有尽；历两朝百载五代同堂世纪沧桑活见证缅怀遗范不胜悲。”

经典

我们对经典应该有更开放包容的胸怀。我们的外部环境是各大传统文明全球一体化的进程，我们置身其中的大陆社会却是一个开放得日益封闭的过程；以至于不少人的知识库存如孩童，需要弄潮儿式的人物装作经师，授之以知识和道理。很多人的自我感觉相当良好：他们不需要人类文明的经典知识也活得很好。

在我华人的文明源头，乐律占据重要的位置；其意义不逊于天文历法，历法也跟乐律参校。是以闻一多称道《诗经》，说那是“五百年的歌唱”。但从尧舜到诗经，我先人该有两千多年的自由放歌，甚至到汉十九首，仍是自由的创造。秦汉以后，每况愈下。至于近代以来，我们既无国乐，个人也多归属于“沉默的大多数”。

老外的小说里常有主人公们对耶回佛儒如数家珍的运用，其现代影像也有各种元素；我们这里还在因信因名称义、因信因名而争而战，在很多地方运用还是禁忌，令人感觉到不小的距离。在我们这里，事实上，我们的现代生活本身就是经典传统的产物，立足于此，我们对各大文明经典当有平实的信念。如此读经才是我们日常又不乏创造性的生活。

不少年轻人对自家精英的思维能力和思维成果摇头，用前贤或世界知识的尺度来度量，似乎相距不可以道里计。经典思维的本质是历史叙事，是对当时最精准的命名、研析、审断。我们难以创造当代的经典，是我们对现实的参赞尚不足以服人服众，不足以穿越时间历史。几代精英在这里生活，为什么成果如此可怜？

“读经热”中极不可取的做法是，通过百分之百地拥戴某位大师和推出有关其经典的优异解读来树立个人的话语权和学术地位。这是一种学童式现象。须知，就是当代孩童，他们也立足于当下“持续不断变迁”的现代生活，他们的存在并非空无的“白板”，可以膜拜于或一字一句地生活在某种经典文本中。

类人孩式读经，多半为经所异化，或迂腐迂阔或野心勃勃；无论如何，他们都难能教训或说真正荣耀经典。这种读经方式应用于政治社会转型，也同样造成了民族智力资源的巨大浪费。一代又一代人中的优异者，都自得于他对现实政治社会的解读具有权威性，认识本有问题，遑论现实改造的力量。

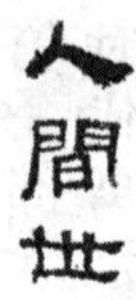

文学

有人说，文学不能当饭吃，但文学仍是美好的。直到今天，作家诗人仍是青少年们、边远地带的人们所尊敬的。不少诗人作家回忆起那种受注目的场面会动情，也不免羞惭。一个给人印象很深的故事是，曾有一个女孩跟一个诗人分手，诗人的粉丝知道了，对女孩说，那么伟大的人，你为什么要离开他？

昨天中午就有人打听莫言先生的电话，其时我在偏僻的乡间路上。傍晚有人告知，莫得奖。我说莫言先生像是小说界的张艺谋，都是未完成即变异再无能长成的精神个体，莫言如得奖，张艺谋也早该得奥斯卡了，看来瑞典人比美国人乡愿。不过还是要向莫言祝贺，这个奖给了他莫大的荣誉，也给了他莫大的争议。

有人说鲁迅是20世纪最痛苦的文人，陈寅恪是最悲苦的学人，顾则徐笔下的朱总乃最纠结的政治人物。我在三四年前《不出国门的声明》中也流露了某种悲情："确实有一些仁人志士出国，但我愿意留在洞中，看着无趣的生活，甚至急于走完自己的一生。"我当然希望自己的人生能够更豁达一些。

上大学的时候听过不少电影录音剪辑，最近突然想起《悲惨世界》里的台词："你以为动脑子那么容易，再说这会儿又冷又饿，你去看看科学院里的那些学者是不是也是一家五口挤在一间屋子里。我在养活你们。"那些伟大的作家对人性的洞察真是了不起，他们穿越了时间，至今给我们启迪。

有些文字只能是年轻状态才能写，精力好，能读很多同时代人的作品。到了一定的年龄，人就开始封闭，对当下的阅读就停留在近乎想当然的状态了。我多年来希望知识界人能重视彼此间的互读，但效果甚微。我自己可能再也写不出《关于九十年代的汉语思想》、《千百之十的汉语思想》那类文字了。

汉语

在我们的汉语词语里，让人起兴的极多，这几年最让我情不能已的是“毁家纾难”。它在历史上有着无数悲怆的故事，才使得我们中国人要传颂它的美德和生存圆满。看到很多人忙于给自己聚敛、加冕，我就想起当下的牺牲奉献，感恩历史的神圣庄严之目的及其现身。在现代性危机面前，这个词语有着更重大的意义。

有人说，当代文学最重要的语境之一是，荷尔蒙退去后的中年男，怀念并哀怨荷尔蒙过剩的当年，其中的自恋和小男人气令人作呕。这当然也印证了我们中年一代人无处不在的矫情和犬儒。我要说的是，如真能做反面教材也好啊。读者如能从中认知叙事者的虚浮、犬儒叙事跟文明叙事的细微差别，仍是有益的。

很多人注意到汉语的分裂。我们普通人所说的话跟精英尤其是官家所说的话是如此不同，在新闻联播、新华体与网络语言、生活话语之间，有着深刻的断裂。我们失去了传达共同经验的语言。一旦我们没有可以彼此分享的语言，我们就没有可以彼此分享的权利、精神……一方对另一方的任何期待，自己说破天了，也没有用的。

昨天病倒在小旅馆里，昏睡一天，又不免想起诺奖。莫言被"捡选"，文学成绩遑论，有相当的代表意义。这是高行健获奖以来，西方人再度对占世界四分之一人口语种的文学实践的承认，是对我们融入人类文明主流的努力的承认，更是一次文学救援。其中有乡愿，也有善意。

终于迎来《非常道2》的出版，距《非常道》问世间隔六年。我在其中列出了鸣谢名单，特别致谢《中国不高兴》的作者们。这个汉语语境里的世界话语之收集比其中国篇更丰富，其功用跟睁眼看世界的林则徐相伯仲。当然，林则徐至今的中国人仍多是睁眼瞎。我希望人们能够理解并实现真正的中国情怀和世界眼光。

曾有这样的经历：向一位老先生约稿，老先生批评我不敏感，会保不住刊物和饭碗。我说，您能不能表达是您的问题，我能不能发表您的文字是我的问题，至于我或刊物的命运是另外一个问题。我的任务在于为一切自由的思考助产接生，我自己不寄生于一份苟活的媒体。老先生被我激将得写了几篇连呼过瘾的文章。

一种文化烂熟之后，其阅读就出现多种变异。我们的作家写过这样的人：天下大乱，他想，要是赵子龙在就好了；张勋复辟，他想，张大帅是燕人张翼德的后代，他一支丈八蛇矛，有万夫不当之勇，谁能抵挡他。这类妙想，今天仍然存在。所谓社会有资本主义，他有《三国演义》；时代在全球化，他在幽闭化。

网络几乎冲击了话语的虚伪，使那些官话、学术黑话、翻译体、纸质书面体几乎无处存身。有企业家对一作家说，除了文学还在卖弄词藻外，你们在网上的发言不过如此，就像艾略特讽刺的“空心人”，很难看到优雅有力的汉语了。作家回应说，确实，有心的话语才配称雅言雅语，但我们的心都被这个时代撕裂了。

我说过，一个中国文化的当代传人，大致要具备如下条件：一，掌握一门外语，如以英语作为自己的第二语言；二，注易演易；三，如对前两者隔膜，要意识到自己的隔膜、无知和鄙陋。有朋友曾告诫中国的母亲和妻子们：“努力学习英语，因为没有用英语表达的事情，世界上有相当一大部分的人不知道它发生过。”

诗人阿坚很少作文，每有所作都值得读者为之“浮一大白”，有人称他是民间诗歌圈真正的“老大”。近作《把一辈子活成青春疯狂的5年》是一篇集悼念、诗思、世论于一体的杰作，沉郁顿挫，读来令人动容。阿坚说：“穷人有什么？穷人有一条命。”真正进行时的汉语和汉语人在受难，仍在以命相搏。

有人问：除了茶叶、中餐、功夫、纺织品、京剧、援助、资本、廉价劳力、高科技人才……我们有什么值得推荐给世界的价值观？我们无法输出价值观的原因，是不是也因为无法用世界通用的“语言”，“推销”自己？这个话题老生常谈，但挑战了我们汉语人的存在本身。

《十年书》在我的文字生涯里已成“传奇”，在当下的语境里也如是。“少年乃沉思。然夫，少年处萧条之中，即不诚闻其好音，亦当得先觉之诠解；而先觉之声，乃又不来破中国之萧条也。然则吾人，其亦沉思而已夫，其亦惟沉思而已夫！”

想起六年前平安夜时的一次讲座。“如果说汉语仍有自己的时代精神，这种时代精神可以说一直在往下走。从精英那里走向平民，从理论务虚会、改革者到知识分子，到学校，再到90年代末的网络，到大众广场……”后者们的“荆冠”是十字架，已经成为我们的大观。

我曾经说，只要我们对现眼的时文背过身去，我们就能触摸到生命的温暖。其实文学也如此，精神、思想也如此。精神仍是我们的，自由、爱、尊严和高贵这些生命的意义仍属于我们汉语。在精神的高地，汉语仍是我们的。这是需要自我寻找也能找到的人生经验。

年轻时读德国人的书，有时一天一页都读不完，对德国人的思辨极度佩服。有一个人如此骄傲地说：由一个概念出发，去思辨、建构出整个世界来，在这方面，他们德国人比世界上其他民族都优秀得多。比较起来，汉语世界好像缺乏这样的野心、能力和意志。

新儒家

时间这个朋友会颠覆我们那些似是而非的观念。我原来以为自己到了观止的年龄，却一再发现以前认同的虚妄。比如一度欣赏新儒家说中国现代转型是谓“坎陷”，好像我们跟西方站在一起是自降身段，等富强后就会显示出我们高人一等的文化或继续天朝人文明道德的生存……这种痴人说梦给政客和民众的伦理正义败落开了方便之门。

在打倒孔家店后的现代中国，钱穆先生称得上“孤臣孽子”，但他晚年对鲁迅等人深怀同情。钱对弟子们说，知识分子非常重要的要能“振衰起弊”，鲁迅说尽了旧社会的中国。他的目的不是中国的毁灭，而是为求中国的再起。鲁迅全面否定儒教，他所有的关怀，是一个新儒家的再现……这样的话真值得三复斯意。

第一部分 时代寓言

除开治道的泛滥或枯竭，现代社会的演化还有过多种不同向度的努力，其中堪称悲壮的是新儒家和乡建派。以前没有注意二者的关联，后来才明白二者基本算一回事。梁漱溟可为典型。而得益于晏阳初、陶行知们的介入，乡建派远比闭门造车的儒生想象更有力。遗憾的是，他们都难以抵挡治道的“摩登”沧桑。

跟秦汉后的治世用儒乱世弃儒有所不同，新儒家乃至我们的一些社会组织是在政权的夹缝中生存。跟国退民进或国进民退不同，治道衰败时，他们来收拾人心，代政权“牧民”；政权强势时，他们就束手旁观，投闲置散。我们的德高望重者乃至道德完人都不曾超越此种生存模式，对大众而言，这是否是万木春旁的病树呢。

新儒家的开创者们多为我们文化中了不起的英雄圣贤，他们为我们示范了文明的“元气”。他们的悲剧性跟后来者的喜剧性形成反差。后来者既少立足于文化本位，更未立足于个人本位。借用一句俗语，“希圣希贤”一类的动机害死人。因为动机崇高，他们敢于以民胞物与为“刍狗”，“为之而莫之应，则攘臂而扔之”。

中西医

西医进入中国，经历了艰难曲折的历程。其误诊造成的结果，如歼我国士良人，并不亚于中医。在顾则徐先生看来，梁启超蔡锷师生即是一例。梁死于西医之手；而蔡之死，“梁启超于焉有责也”。梁坚为西医辩，呵护西医在中国之成长，使国人今日受益无穷量。我们回看这一过程，当知前人的苦心和文明演进的牺牲。

有信佛的朋友说，我们的疾病基本可以分为两类，一类是我们自己生就的，一类是我们的先人遗传给我们的，后者也被称为“业障病”。那些为业力所苦的人当知自己的先人造业过，那些造业的人当知自己也会祸延给后人，以为医学能搞定的人当知应该消业才能解脱自在。这话值得现代医学关注。

有年轻人说，在为雅安地震祈福时，真正感觉到自己身体某处的疼痛，原来个体真的跟整体同构。年轻人继续说，看来，把自己与世界割裂开来的生活即使不是罪，也是一种错。世界病了，我也病了；世界溃烂，我的身体也有反应；世界有耻辱，我的心灵也感受到耻辱。朋友回应说，这大概就是从小善到大爱至善了。

人们多已接受这样的观念，我们的情绪跟身体有关。爱生气、爱发脾气在医生看来也是身体病变的反应。反过来，如果要治愈身体，在配合药物的锻炼和物理疗治外，心情和信念的开放也是重要的。有意思的是，现代医学总想实验出人的“意志”功效，但那些有意或不经意就治愈的案例很少是实验出来的。

出入无疾。慢慢走，欣赏啊。这是东西方人的智慧，不要那么快，不要那么病态。这也是救治现代人更快超速生活的药方。从老子的“爱以身为天下，若可托天下”，到现代人的“病夫治国”，都强调不能以病态来管理世界。现代医学综合东西方医学成果，强调预防，这预防其实就体现在日常的“出入无疾”中。

无疾而终。东西方的人生成就都有这样的标准，不要那么快，不要那么病态。乡村人称赞一个人的辞世，他睡过去了，他没病没灾地走了。新药的研发像消防队一样付出的成本越来越高，但现代人与其花巨资“享受”那些药品，不如及时地“贵以身为天下”，真正让身体与疾病达成某种“和解”，从而“无疾而终”。

医学史家认为，历史上的革命者，通常具有如下特征：激进的、左倾的、忧郁的、内向的、多愁善感的、愤世嫉俗的、勇于冒险的、受过良好教育的；他们最容易患的疾病是肺结核；有人观察说，非常重要的一点，他们通常是性欲高亢的——肺结核带来的症状之一；传统的性观念和性道德也成为其革命的对象。

自地理大发现等开启的全球化加剧，人类主流文化的病症日益趋同。据说，仅从19世纪以来，三个世纪里，个人和国家等，分别经受了肺病、精神官能症和肥胖症的折磨。社会运动则跟患此病症的人群相关。肺病是革命世纪，精神病则影响了20世纪“极端的年代”，当今对资源的垄断蚕食使各类肥胖症成为突出现象……

世界病了，我也病了。哲人如此说，但如果一味沉溺于此病中，就只是青春或文人心性了。我们要疗救、安顿自身，如此才能同情地理解并荷担周围的病苦。经常听人说，那个哇啦哇啦的学者病得不轻，那个商人活在自己的幻觉里……最市井的话，那是谁家的病人，怎么没人领他回去?

七/寓言

寓言

大熊、野猪和豹子合作把老虎赶走，就把森林命名为达尔文。达尔文就是森林，森林就是达尔文！

森林的居民虽然不满，可是他们自己却有些无所适从了。野猫、野狗见了小羊，都喜洋洋地自嘲幽默，看看，我们都成迷途的羔羊了。小羊说，他叔叔伯伯们已经等不及，要牧羊犬随便狂吠着指引方向，在山崖上如履平地了。

百灵问山龟，为何人类称她们为意怠。山龟说，所谓意怠，就是懦弱，进不敢为前，退不敢为后。内部秩序井然，外敌无法影响侵害他们，所以他们一直没有遇到很大的灾难，而长久生存了下来。百灵哭了，可怜的达尔文啊。

山林缺水，不时有星星之火燃起，让大家心头一惊一乍。野猪、野牛都悄悄地走了，狼狗投奔去做了人类的朋友，老虎也安排自己的孩子移居人类乐园。一天，山中大火，大家狼奔豕突，鹦鹉遥见而入山林之中，有笑者，她倒会找死赴难。鹦鹉入水濡羽而洒之。天神言，“尔虽有志气，何足云也？”答说：“尝侨居是山，不忍见耳。”

由于人类的围堵，森林王国惶惶不可终日。人类的任何一次发疯，大炼钢铁、喝红茶菌、种兰花养神、吃猴脑补脑、绿色生活……都要掀起一次对森林王国的洗劫。百兽之王无奈，派能言善辩的八哥去跟人类讲逻辑，八哥讲着讲着就哭了，你们还是人吗，做事也不动动脑子。人类笑着说，我们都是理性的动物啊。

听说人类准备把地球糟蹋完了准备星际旅行，殖民他球他星，森林王国的居民都哭了。百兽之王在大家心中也失去了王者的权威、风范，王权失落了，森林也不可避免地走向了失落，物欲横流。有撒旦之称的蛇类横行一时。眼镜蛇说，末日近了，享受吧。白蛇说，末日近了，皈依吧。黑蛇说，末日近了，认命吧。

老虎把森林管理得乱七八糟，拒不改进。狐狸找野猪商量说，这样不行，得找替罪羊啊。野猪说，现在找羊替罪都晚了，得归罪于人类。于是森林中都传说和批判着人类的罪恶。诗人黄鹂感叹，我童年阔大的王国，如今是可怜的小。夜莺在晚上祈祷，可怜的森林啊，为什么你离上帝那么远，而离人类这么近……

达尔文森林鼠患成灾。鼠辈们趾高气昂，粉墨登场，纷纷进入官场腐败。狐狸和野猪为此去请教治腐治鼠有经验的人类。人类说，如果你们想把老鼠尾巴砍断的话，不要慢慢地一截截地砍，一下砍掉就行了。长痛不如短痛嘛。野猪说，亲爱的人类，你知道我们森林的老鼠是不同的，它们有很多不同的尾巴互相缠在一起，您先砍哪一根？

森林的植被越来越少，有些地方光秃得枯黄、灰暗，大家忧心忡忡，啄木鸟跟野牛等组成绿色大同盟，以图拯救。老虎非常生气，这不是挑战我吗？他派狐狸去解散绿盟，弘扬黄色。狐狸出色地完成了这一任务，他说，要向人看齐，人在，黄就在！森林没了，没什么不好。走人类的道路，这就是结论！

尽管森林腐败不堪，大家仍在其中出没、生息。有一天，愤怒的小牛对老牛说，你对自己的一生满意吗？你为什么不愤怒不痛苦呢？老牛笑了，当然，现实虽然黑暗无望，但我仍过了幸福的一生，自足，也对大家有益。老牛死的时候，狐狸代表达尔文发布褒扬令，称颂他对森林的贡献，吃进的是草，挤出的是奶。

口头正义把自己贴在罪恶的侧面，到处滚动示众。大家或者叫骂，或者鼓掌叫好，乱作一团。野牛怯怯地站在一边，狐狸小姐叹息，这就是我们的硬通货。野牛恍然大悟，可不是么，它们滚动成硬币的两面了，怪不得它们如此畅通无阻。口头正义听到了，大声说，我不是罪恶，我传播的是正义。

狐狸小姐宣布，啄木鸟获得了她授予的“森林卫士”奖。猫头鹰笑了，他对小羊们说，她算老几?一点权威都没有。应该由豹子、老虎等领导说了算，至少要有评审委员会吧，我们请德高望重的山龟评评这个理。山龟慢悠悠地说，大胆运用你们自己的才智吧！不要生活在被监护被指导状态中，你们去判断，就能判断。

在醉生梦死中，老虎、狐狸、豹子等强者得了富贵病，而弱势者饥寒交迫。狐狸的女儿得了一种怪病，她睡不着觉，总是自言自语。狐狸请啄木鸟大夫来给女儿治病，啄木鸟私下笃笃地说，狐狸小姐，你害的是一种值得礼赞的忧郁，他们不这样，他们没心没肺，睡得很沉。我们这样患有幽忧情怀的总是睡不好，翻来覆去地想事……

末世心态像传染病散播开来，森林反而热闹了。到处是小羊们喜洋洋的咩咩声、阿猫阿狗的争吵、百灵鸟们的讴歌或调情……野牛野猪们的特立独行不受欢迎，连老虎也失了威风，没谁听闻。山龟对狐狸小姐说，我记忆中的山林不是这样的，那时多么美好啊，即使伤春悲秋，呼吸领略悲凉之雾者，也有知音。现在你们还有真正的知己吗?

山中老虎失去了威风。狐狸小姐问老虎，你就不能一展伟大的山林虎啸吗? 老虎苦笑，生逢末世一如落入平阳，我已是病猫，被视为无能；即使我的龙兄狮兄来，一齐做虎啸龙吟狮子吼，也无济于事。山龟说，末世者不需要你们，他们需要软乎乎的幸福感觉，他们不需要虎啸、狮子吼，他们更接受巧言令色。

大熊和狐狸宣布，达尔文森林遭到了人类的凌辱，大家愤怒地声讨人类的罪行。鸟儿飞得扑扑响，小羊小驴们到处撒欢，说是要捉打内鬼。因为是“人类的朋友”，狼狗都被淋了一身鸟粪，只好自嘲，林子大了，什么鸟儿都有。因为特立独行，野猪被驴踢了几脚，野猪反击，你不就是一只黔之驴么……

森林野火蔓延，阿猫阿狗趁火打劫，形势危在旦夕。野猪恍然有所悟，他去见山龟和狐狸小姐，今日始知诸君示范的重要。然而，事急矣，愿求教先生。野牛在一边急了，猪啊，有什么急的。你以为你聪明了？混吃混喝混天黑，你们无序，活不出自己，你们怎么指望阿猫阿狗有义有序？……狐狸小姐含着眼泪，这是我们的共业。

达尔文一时无事，大熊感叹，秋高马肥，正好作战消遣。他命令豺狗、狼狗们化装成阿猫阿狗出动，四处劫掠。山林里鸟飞狗跳，大家做了牺牲、看客，敢怒不敢言，连唱赞美诗的小羊都吓得发抖。大熊呵呵大笑，狐狸摇头，你这是侮辱我们领导层的智商。山龟安慰大家，他们也就这一小撮坏蛋，就这点儿伎俩。

啄木鸟忧心忡忡，到处调查，你认为今天的达尔文最重要的问题是什么？结果答卷五花八门。有说要关心小鸟们的生活，让弱势者有所依靠；有说要反击人类，提高达尔文的凝聚力；有说要提高黄鹂夜莺等文化人的待遇……啄木鸟跟山龟、狐狸小姐一起讨论，只有叹息，他们什么时候才明白，最重要的问题都在上面。

大熊、豹子等等的孽子们在山林里横冲直撞，小羊小狗们看得痴了，高富帅耶；啄木鸟目睹这一情形，苦笑不已。有一天，小熊从山崖蹦极，重重地摔死在山涧的乱石丛中。整个山林都议论起大熊们有无能力管理大家。啄木鸟开心地笑了，这才是自然法则，不能自觉的，就生出坑爹一族来，恶心死他自己……

达尔文森林失去了往日的宁静。每一个山岗前都有狼狗的嚎叫表演，每一棵树下都有鸟儿的聚会，大家每天听到见到的热闹太多，以至于很多猫、狗、小羊不愿入睡，他们都像夜莺一样不管不顾，像猫头鹰一样睁大眼睛。狐狸小姐对啄木鸟说，都快中秋了，各回各的家，各找各的妈，新的禽兽都浮躁虚无得连亲友和家庭都不顾了吗?

达尔文森林派遣的人类考察团回来了。野牛团长先做了检讨，一向标榜特立独行的野猪不辞而别，投靠到人类的猪圈中去了。但他又兴奋地向大家讲解人类的伟大成就，包括投靠者阿猫阿狗的衣食无忧。狐狸看了豹子一眼，野牛，你是说那些叛徒的生活比我们的豹子、大熊还要好？野牛说，是的。

达尔文森林实现新政，每一座山头、每一条溪流都被各种动物占据，成为私产。要到溪流喝水，要到山头看风景，都得交纳好处费。特立独行的野猪最倒霉，他到处乱跑，过路费交了不少。公共空间狭隘得可怕，但仍充满了骚动与喧哗。狐狸小姐感叹，山头主义盛行，不为大家负责，就不可能做一个负责任的禽兽。

末世之雾，遍布达尔文，然而大家仍弱肉强食，穷奢极欲，甚至欢天喜地。狐狸小姐打着灯笼，说要寻找一个愤怒者，遍寻不得，感叹说，都是短浅的目光和愚昧的心灵啊。啄木鸟说，不能这么说所有的达尔文居民，我们当然忧伤、愤怒，但我们更应该有朝闻道般的幸福满足，至于我们的努力是否救赎了达尔文，那是又一回事。

达尔文森林沉浸在节日的气氛里。平时就吃得滚瓜肚圆的大熊们此时更成了饕餮之徒，山龟摇摇头，这些禽兽像是饿鬼投胎的，他们不长脑子，只长肚子了。野猪说，是啊，按人类的说法，他们早就是注满水的茶壶，还不断地向壶里倒水。狐狸在一旁听了偷笑，好没见识，我们吃的不是饭，我们吃的是威福和排场。

新政宣布，达尔文森林倡导“物竞天择，适者生存”，大家纷纷表态，是啊，天下哪有白吃的午餐。只有野猪、野牛们反对新政。狐狸说，他们反对，是他们边缘化了，只好靠争权表达存在，他们是吃不到葡萄说葡萄酸的个别分子。野猪反对说，他不是争权，他是争取大家的自由，争取自己特立独行的自由。

黄鹂、百灵们的歌唱使节日的森林充满了喜庆，夜莺说，我要没日没夜地歌颂这美好的日子。但领导们苦不堪言，他们得了肥胖症，身心受着煎熬，外表还得若无其事。倒是平时辛苦的猪啊羊啊，此时改善伙食，个个欢天喜地。狐狸看了很是羡慕，他们怎么那么快乐呢？山龟冷笑，劳苦大众本来就是笑着过日子的。

有一天，小岩羊东张西望，最后跑到一棵大树下弱弱地问啄木鸟，啄先生，小时候就听说麻雀叽叽喳喳爱说话，怎么不见麻雀呢？啄木鸟哭得把树身啄出一个洞来，说来话长，该死的人类，搞什么捕雀运动，将麻雀赶尽杀绝了。报应啊，不仅我们达尔文鸦雀无声了，就是人类的阳气也都快没了……

百灵、黄鹂们唱响整个森林，引来无数听众。小羊小狗们热衷于模仿她们的一举一动，连野牛、野猪也受其影响。山龟对野猪说，我可能老了，我怀念从前，那伟大的“绝地天通”之前的时光，大家都独立平等，本来具足，何须外求，东施效颦地把自己交出去。野猪说，我是老了，不敢特立独行了，我要合群了。

热闹跟理性、孤独、寓言、忧郁等一起走进了森林，大家纷纷向热闹致意，将另几位来客冷落。夜莺、猫头鹰等甚至放弃了夜间睡眠，去给热闹锦上添花，陪衬得热闹更加热闹。理性看着寓言等孤零零的几个朋友，达尔文的居民不需要咱们，但孤独和痛苦啊，如果有朝一日你们接管了这个世界，请不要报复得过重。

达尔文有些乱了。被山羊追咬的兔子急得去攻击人类，徒劳后大声宣扬，要注意啊，有些坏分子捣乱，如不警惕，我们离丛林社会只有一小时了。豺狼、狐狸听了偷笑。啄木鸟痛心疾首，你能否学学人类的理性精神，不要这样拍脑袋好不好，谁都知道你们兔子的脑袋不经拍。你把基本事实搞清楚了，再来定性也不迟。

听说人类有偿招募试验者，做“愤怒期的生命体征”实验，达尔文的很多居民都去了，试验场一时鬼哭狼嚎，鸡鸣狗吠。啄木鸟说，每位试验者任意大喊大叫，大声咒骂，这样也好，大家发泄了情绪，还有收获。爱美的百灵说，什么收获，没看到他们的生命体征发生变异了么？戾气冲天，个个像个暴民暴君，尖嘴猴腮……

听说人类掀起了向狼学习的热潮，把狼视为知己、图腾，野狼们欣欣然行走于达尔文，接受大家的祝贺。野狗也施施然，与有荣焉。野猪愤愤然，跟野牛议论，狼子野心，狼心狗肺的东西，有什么好学的，有什么好祝贺的？野牛看见黄鹂、山羊对狼狗崇拜的样子，大家改不了崇洋媚外的毛病，不过人类真是丢人啊。

苦难和真诚来到森林里，大家纷纷欢迎苦难，躲避真诚。岩羊拉着苦难，对山羊说，好孩子，咱都命苦！说吧，苦难，说了就好。胖狗、胖猫们抱着肚子，苦啊，真羡慕你的身材，不用担心富贵病，我们富贵有难言之隐啊。狐狸小姐见了苦难，也羞愧得热泪盈眶，她欲言又止自己的暧昧，到处宣扬苦难的价值。

狐狸小姐问山龟，为什么人类高出众生之上？山龟说，人类本是众生的宠儿，有一天他突然直立行走，大家嘲笑他、打击他，人类不为所动，摇摇晃晃，仍坚持直立行走，甚至捡起石头保护自己。他有了真正属于自我的时间，而不愿站起来的我们仍生活在没有自由和时间的国度。这就是盘古开天辟地的故事。

狐狸小姐问山龟，为什么人类中的不少人仍跟我们一样爬行着生活，甚至返祖变异成为狼族？山龟回答，他们直立行走，既强大又脆弱不堪，可惜他们多骄傲，无知于渺小。无论他们如何锻炼，他们站起来的脚跟仍有致命的弱点，只要轻轻一点，他们就得趴下，不良于行，爬行乞活。这就是阿喀琉斯之踵的故事。

达尔文森林在哈过人类之后，又开始批判人类。猫、狗、野猪相继投诉人类，因为人类把养人叫养猪，养阿猫、阿狗一样的性命，狐狸很得意，看到没有，他们人类还没有度过禽兽期！山羊投诉人类，还以羊类比来相互咒骂，你这个短羊寿的！山龟叹气，他们的热闹确实比你这个山羊的寿命还短暂。

百灵向山龟投诉人类无意无心听其歌声，倾听是歌唱的黄金，她有超级粉丝，但达尔文的居民多没有音乐细胞，没有人类那样的听众，她的歌唱没有意义。鹦鹉说，你的知音是大自然，在乎人类做什么。百灵反驳，那你鹦鹉学舌做什么？山龟说，人类要告别人为的作伪虚伪期，回归到大自然中，还有很长的路要走。

秋高气爽。三千米的高空中刮了一阵小风，引起了森林的躁动，树叶们趁机飘落，百灵和狐狸小姐很是不安。狐狸小姐喃喃自语，我心悲苦，我的感情就此凋谢。百灵则说，虽然天凉，却是个美丽的秋天。野猪路过听见后笑了，风动，叶落，心魔，真是连锁反应。但如人类所思考的，风动，叶落，干卿何事？

夜莺失恋后唉声叹气，连每天晚上的小夜曲都停播了。达尔文的居民很不适应，狐狸小姐去跟她讲道理，狐狸小姐劝说，不要因私废公呀。夜莺很生气，我失恋了，这是多大的事啊，你们不关心还假公济私，真没见过你们这么自私的！狐狸小姐想了一想，如果你因失恋而失去小夜曲，那么你也会失去夜晚和森林了。

达尔文森林流行看历史、隐私、热闹，“揭老底战斗队”在各个山头都成立了。啄木鸟说，不揭私不足以揭露某些同志的狼子野心，不发人隐私不足以擦亮群众的眼睛，不认清历史不足以纯洁队伍。大大小小的揭发活动此起彼伏。小羊在看了一肚子热闹后，见山龟问道，山龟爷爷，你知道啄木鸟暗恋狐狸小姐吗？

没有热闹的达尔文一时怅然茫然。别说小猫小狗，就是豺狼都觉得最近过得没什么意思了，他去跟大熊、狐狸说，森林还是需要一点娱乐的。大熊深以为然，不行我粉墨登场，运动运动群众？狐狸白他们一眼，你们懂什么？你们没事就偷着乐吧，偷着看戏吧……话没说完，百灵唱着“我们的森林是花园”飞过去了。

森林中“坑爹”一族横行。小熊因此摔死了，狼之子以“衙内”为荣招摇山林时被野猪暗杀，豹之子因为吃得太胖活活地胖死……啄木鸟向山龟请教，这是一种什么法则使然。山龟说，人类的智慧早破解了这个秘密。权贵的财和气在五行中属金，孩子属木，木是应该生发的，金太多，当然克死木了。哎，自作孽，不可活！

虽然“坑爹”一族完蛋了，但细心的啄木鸟发现，富家子中还是有不少活得很滋润的，尤其是熊小姐、豹小姐，引领着森林的时尚。在这样的热闹中，狐狸小姐很是低调。百灵劝她，你这么漂亮，有才华，为什么不潇洒地活一回呢？狐狸小姐答说，在山泉水清，出山泉水浊，她能够守着自己的清白已经非常幸福了。

劳碌和热闹入住森林，特立独行的野猪、懒散的猫头鹰都发现，生活节奏加快了。因为阴影和脚印被认为是隐私和把柄，大家藏私又揭私，野驴为了甩开自己的影子和脚印，越走越快，以至于狂奔，力竭而死。大家哀悼他，说他是“过劳死”。山龟感叹，“处阴以休影，处静以息迹。一生其实可以活得极简单的。”

流言和群体性事件多了以后，达尔文流行一种现象，一些从山涧里爬上来的小怪物们，口含沙子，专门喷射带头闹事的野牛、野猪等的影子。野牛一笑置之，这种焚尸灭迹的伎俩太可笑了。野猪说，牛兄此言差矣，他们不是焚尸灭迹，他们是从人类那里学来的含沙射影，既想让我们生病生气，又想转移注意力。

漫漫严冬很是萧索，达尔文居民无以排遣，多醉生梦死。阿猫抱着酒瓶醉倒路上的形象、阿狗醉后以为自己是孤独的狼、大熊喝酒痛骂豹子的情景、善良苦命的阿牛喝假酒倒毙山崖的凄凉，都让大家笑过、哭过、捧腹过。百灵的声音因酒失去了灵性，但她辩解，她因酒更通灵了。猫头鹰大着舌头说，她通的是魔鬼。

野狐去世，他的远亲狐狸表示沉痛，大家就积极地为他办丧事了。小猫小狗们纷纷回忆野狐给他们的启蒙，称颂他伟大的禅定工夫。野猪愤愤然，他有什么成就，跟我一样与现实脱节，甚至一辈子参的只是野狐禅，没修成正果。山龟点点头，又摇摇头，野狐还是值得纪念的；虽然，我是来埋葬野狐的，不是来赞美他。

黄鼠狼准备“生产”，它的远亲豺狼、野狼、灰狼、大尾巴狼、田鼠、山鼠……都很关心，纷纷表示欢迎、献礼、祝贺之意，甚至披着狼皮的兔子，蓄着鼠须、竖起大尾巴的野狗都帮着维持秩序。被豺狼捉住、准备奉献给黄鼠狼的野鸡危在旦夕，她坦然地说，黄鼠狼下崽，一窝不如一窝啊。大家听了，置若罔闻。

黔之驴的后代来到达尔文，它宣传自己是改良成功的产物，不怕任何庞然大物，因为它才是庞然大物。它的功夫能伤物于无形，但它的踢腿神功已经收放自如，踢飞小羊小狗还能使其安然落地。连野牛都自愧不如。老虎闻讯起来，黔之驴赶紧说，它的功夫其实证实了万兽之王的实力，它们都靠实力说话……

凉风起天末，君子意如何？百灵冻得发抖，喃喃自语，像个卖火柴的小姑娘。大象看到了，喷着热气让她苏醒，将她藏在耳朵下。百灵暖和过来仰着头问，你是君子么？大象仰天长啸，荒天古木间似有呼应。狐狸宣扬说，这是多么温情的一幕啊。他提议让大象当选为感动达尔文的代表。大象拒绝了，我不想感动谁，我只是因为爱……

暴风雪袭来，下了一天一夜，现在转晴，丛木都压在厚雪下，积雪洁白而蓬松，在风动的摇摆中稀疏地抖落，仿佛在为四处的寂静打着缓慢的拍子。松鼠看得痴了。待兔子来拉他，他才醒过神来，兔子问，看到什么了。松鼠答，没有达尔文，只有自然，多么美妙圣洁啊，在这样的大自然面前，我们真的太有福分了。

随着第一缕阳光射进达尔文，迷雾开始变得稀薄，东方露出鱼肚白，森林里的歌声已经是人类永远模仿不出的自然交响曲。各种鸟鸣此起彼伏，交相辉映。狐狸小姐听得忘形，如醉如梦，她后来想，我们睁眼看到的第一缕光线，肯定跟爱有关；我们争先恐后的清晨表达，也涉及各自灵魂的关怀，而这自然的关怀多么美丽。

百灵小姐病了，山龟去看她。百灵小姐说，世界病了，我也病了，大家得了失心疯的忙碌病，我得了幽忧之病。山龟点点头，你不能因为大家病了也染病，你要快乐起来。百灵小姐说，我快乐不起来。山龟说，虽然现状很糟糕，但如果你不能给自己和周围以温暖快乐，你就未能宽恕并爱森林，你就没能长成真正的森林之子。

在冬天，能有何作为？夜莺日夜浅吟低唱。猫头鹰在一边冷笑，能做什么，各回各的家，各找各的妈。你为达尔文森林贡献了这么多，你有温暖的家吗？松鼠在树洞里钻出头来，她当然有啊，她还有不朽的歌声温暖了我们大家。夜莺感动了，谢谢松鼠，我也记得你，月白风清下，你为我读过雅歌……

在冬天，野猪野牛们都不免消沉，黄鹂们也不再发声，说是要低调。倒是乌鸦不时地从一个山头飞到另一山头，伴随着她那“哇”的大惊小怪的声音，让大家一惊一乍的。狐狸小姐劝年轻的鹰飞上天空，当雄鹰啸叫着划过天空归来，一如英雄凯旋。狐狸小姐说，你看，你什么也没有失去，你的努力，已使所有的山谷回声四起。

行动者都很个性。野牛经常把树顶折，百灵劝他不要这样发泄，他回答说多破坏达尔文，就早一些拯救达尔文。野猪诅咒大熊，把熊宝宝偷到自己的窝里，天天对熊宝宝祝到，像我像我；据他说，要经过多少天后，物种改良就能成功。小羊小兔们去围观并渐渐老去，又有新一代小羊小兔去围观并充满希望，像我像我……

达尔文最善辩的演说家鹦鹉跟人类的歌手在一起，她看到人类对她有些冷淡，就主动说，同志，你看我们都是最优秀的自然之子……人类看了她一眼，我们人类是，你们不是。鹦鹉被噎得哑口无言。她跟百灵夜莺们说，这拨儿人类太自负了！啄木鸟说，错，固然人类有自负，但他们也看不起学舌者，看不起丛林法则。

达尔文的居民相互之间一目了然，但据说人类认不出来，他们把野牛野狗野猪等统统称为“畜牲”，更可笑的是，他们把百灵黄鹂夜莺等统统称为“意怠”。狐狸小姐纳闷，大自然里的一草一木都有名字，都有灵魂，他们为什么就不识我们的鸟兽鱼虫了呢？啄木鸟回答，这是人类的谵妄，就像他们中的少数人称大众为细民、贱民一样……

猫宣扬它是万兽之王的师父，老虎大怒，在众目睽睽之下上演了猫虎斗，最后猫蹿到高高的树上。老虎在树下守了三天三夜，宣称顿悟，悟出自己原本是猫科动物，只是自己努力精进，所以能内圣而外王。他说，我们达尔文的同志，任何时候都要谦虚谨慎。有的同胞会点雕虫小技，要知道那是壮夫不为的事。

猫说它有九条命，让大家很是羡慕。虽然大家聚会的场合它总在打呼噜，但只要它伸一伸懒腰，露出憨态可掬的样子，大家就生怜生爱了。而它表演蹦极攀爬的本事，大家更心服口服，真是命大。野牛多次去请教它多命长命的秘密。据说是，不要好奇，有时间就要修行；好奇害死猫，何况你野牛呢。

冬天的森林虽然萧索，到处充满着清冽之气，呼吸之间都能体认出身心的存在。除了野牛、黔之驴等的牛脾气或驴脾气发作，一时戾气污染外，大家都安静，相互问候、取暖，狐狸小姐感叹，冬天让我们找到了类的感觉、自然的共识。啄木鸟说，可惜人类愚不可及，他们像驴一样折腾，他们的时间和生物钟都乱了。

由于天冷，很多居民都要到太阳晒自已了才睁眼活动，大家说，严寒季节，低调，好多攒点儿正能量。啄木鸟很生气，这不就懒散了吗？这样攒能量哪里攒得到头，他提倡大家加强锻炼，冬眠不忘健身。百灵鸟合议，甚至发起了早起运动，她说，如果我们每天不能看见朝霞，不能观礼晨曦，请把我们逐出自然之子的行列。

整个世界进入严冬，森林里仍流行着热闹，大家说要活出个性。小羊、黄鹂等“美丽冻物”们到处现眼，连野猪、蛇虫都放弃冬眠，四处乱窜。狐狸笑了，在冬天想露出春天的笑容，这不是找死吗？不少动物们很快夭亡了。狐狸小姐跟啄木鸟商量说，在冬天生活不能自私、作秀啊，大家得相互取暖才是。

第二部分

精神状况

八 / 罪苦

罪苦

多年前，我听说一块地被成功人士们倒了二十七手的游戏，倒过之后，农民仍在那块地上播种、纳粮、完税。当普通的人们被捡选，构成话语或所谓的舆论案例游戏，很多人也会成功地脱颖而出；等他们走了，人们继续自己平凡而卑微的生活……但确实，人们有时候仍希望能够被捡选。

消除自身的戾气很重要。四五年来先后有年轻朋友在我面前坦承他们的心性之错失，这让我圈点赞叹，其实我个人同样经受着考验和煎熬。要得一个“我心光明”的生存不容易。很多时候，人是在为过去的一念之失或阴暗的心性埋单，我们今天的状态正是昨天的付出。我说过，我们有苦，但我们同样有罪，有业。

如果我们不能日新又新地推动人生的自我完善，那么时间就会来揭露我们的卑污或匮乏。曾见金庸先生立言正大，转眼他就信口开河了；曾见张五常先生痛心疾首地批评金庸的帮闲，转眼他也伊于胡底了……他们都有值得尊重的一面，他们是优秀的、杰出的；却又有“难以免俗”的一面，他们也是寻常人，是有局限的……

很多人喜欢到电影院看电影或去剧场看剧，观众多年轻，敏感，应和着故事情节的展开。但社会如戏如剧，我们至今难以喝倒彩，人们也无退场的自由，久而久之，或者麻木了，或者发现了另一种生活：交头接耳地猜想后台，甚至呼应舞台，赞美、分析、陶醉。后台的人看到观众席的热闹，或者会有理由说一句：傻逼！

马太效应是上干天和的现象，是天之道“哀其不幸，怒其不争”后的一种变异。人们对独夫民贼不能闻而行春秋事，故强者愈强，弱者愈弱。圣经说，“凡有的，还要加给他叫他多余；没有的，连他所有的也要夺过来。”诗人曾说，假如我们不去打仗，敌人用刺刀杀死了我们，还要用手指着我们的骨头说：“看，这是奴隶!”

人的社会性既是一个过程，又是在人生某一阶段开始立极的责任。但我们很多人似乎活大半辈子或到老都没有立起来，用俗话说，到老都不懂事。但这些人是极懂得弄权折磨并施暴的。今日奉为上宾，明日作践阶下。皇亲国戚、英雄豪杰、读书种子，撞到他们那里，对他们来说，“你这厮只是俺手里的行货。”

在传统社会里，当滔天罪恶发生之时，行恶者相对较为明确、具体、集中，容易被识别出来，而在现代社会，罪恶被分散化了，它渗透到每个环节当中，而不是由某个单独的环节、个人或机构来完成或承受。每个人都参与进来，累积而成大恶，但与此同时，每个人都觉得自己无辜。当我们寻找行恶者的时候，他们的面目逐渐变得越来越模糊。

小人、坏人、奸臣一类的称谓似乎是我们文化中独有的现象。现代革命文化和现代社会制度一度使这类人或这类现象“消失”，但近年他们再度复活。最为遗憾的，由于我们知识演进的滞后，我们难以照出这些人和现象的丑陋和罪恶；他们自身也从不知道自己是小人、坏人，他们不知道自己是丑陋的、罪恶的。

年轻时读史，对清朝大臣、一方诸侯叶名琛的行为“万思不得其解”。他“不战、不和、不守、不死、不降、不走”，还自比“海上苏武”，这是怎样的心智。吾人文化作成这样的怪胎，实在作孽。后来多少知道，对叶的责问要放在历史的情境中。叶并非孤例。放眼今日，多少掌握甚至垄断资源的精英何尝不是如此混世。

我们身受的罪苦多来自身边。我们被信任，又败坏了这种信任；我们信任了他人，又为他人伤害……注意身边的每一善念，以担当的勇气消化掉恶之后、清理自己并跟周围建立一种健康温暖的关系，也许比数落罪苦更好，尤其是比控诉遥远时空中的罪恶（比如孔子的罪性）更好，如此才是真正的智慧……

古人感叹，利心易去，名心难除，名利心去道心生。但人生参赞大道谈何容易。“每日每夜，我们计算增加一点钱财；每日每夜，我们度量这人那人对我们的态度；每日每夜，我们创造社会给我们划定的一些前途。”诗人问，我们的欢乐失散到哪里去了？我们衷心的痛惜失散哪里去了？我们生来的自由失散哪里去了？

看到年轻一代的知识人在言路思路上超迈前贤真是愉快的事。阿伦特等人提供的“平庸的恶”等思想资源为我们运用了多年，但年轻朋友说，当代社会的罪恶要严峻得多。当代的罪性与道德溃败不仅缘于“平庸的恶”，更缘于人性始终无法克服的某种根本性缺陷：人关注自己甚于关注他人，关注身边人甚于关注陌生人，关注现在甚于关注未来。

在相当大的程度上，我们都是时代的产物。有人因此说，如果他晚生几年，就不会是诗人作家知识分子，而是主持人写字匠媒体人……我有时候也作此等设想，如果没经历80年代，而是直接进入90年代，我现在会不会是一个过日子的自了汉？如今，灵台无计逃神矢，我们不得不背负着这个时代和自己种下的罪苦和耻辱。

人的罪错表面上是因为他的强势或本能，更深刻的原因在于他的智力弱势、他的无知。但遗憾的是，由于我们不习惯开智启蒙，坏人几乎不知道自己是坏人，一如愚人不知道自己的愚；人生社会于他们毫无经验教训。我们常常以为这个人坏过了，蠢过了，该变好、明智一些了，结果他的行为更坏，更蠢。

现代人都明白，家暴是最为可耻的事，二人世界由盟约始，由暴力解决问题，实在是一大悲剧。一些官员对百姓正当求诉实施暴力和冷暴力，也是最为可耻的；百姓的维权也好，底层抗争也好，比起法治健全的状态来讲，仍是可羞的、落后的。

消除生活中的不义、罪恶、灾难、不幸，是比增加我们个人生活的可能性更迫切的事务，也是更幸福的事务。但一般人多以为他的幸福是可以处于自足状态的，他们因此无视周围亲友更不用说社会的不幸不义，这种“幸福”其实是未成年人都熟悉的“做梦”状态，一种“自娱自乐”。

第二部分 精神状况

退化

说到人种的退化，我们中国人早就注意到这类现象了。“是何心肝？”“没有人性！”“彼何人哉？！”等等道尽了对同胞堕落或罪性一面的感叹。观察周围社会的人的退化会同样让人吃惊，那些唯彼威福的权贵，那些抄写讲话的作家，那些戾气冲天的学人，在心智上似乎永远停在某个封闭阴暗的角落里，再难与世界沟通了。

有学者对他的企业家朋友说，你们不关心思想，你们只关心时尚。企业家反驳，是这样的，但我们仍希望听到良知，听到异端，听到声音。这是我们还愿意生活在这里的安慰。你们没有发出声音，你们要么捧新新人类，要么听任张思之江平钱理群这些八十多岁的老人发出声音，为什么你们没有了声音？

有的人在职业、事业中获得了一副马甲，穿在身上就再也没有脱下。甚至教授退休了、官员下课了、商人出国了、小民失业了，他们还穿着那副马甲。我们很难从其言行中看到正常的人性：一个生命具有的同情心、正义感，或如佛所说的慈悲喜舍。这也算是“斯德哥尔摩综合征”患者吧。职业性大于人性、知识大于灵魂、他们的道理大于他们的心灵……

致命的自负。据说，有19%的人认为他们属于1%最富有的人之列；80%的投资者认为自己在股市上终将挣钱；70%的律师认为自己能在法庭上打赢接手的案子。有人还发现，高达86%的某学院学生认为自己的容貌要比同班同学靓美。自信不坏，自负则不是好事。这样的社会病得不轻。

很多人注意到《非常道2》以饮食男女开篇编排之不同。有老外主动谈起我们国人的食色，很不以为然：有些所谓的“官产学精英”个个如狼似虎，贪官怎么显得像饿鬼像色情狂？标准答案是：这一两代人在童年青少年时期发展不顺，精神缺失，故人到中年有如此表现。他们确实没有度过口腔期、青春期……

人都是灵与欲、善与恶、罪与义等等的混合。当年迈向市场经济时，我们曾被启蒙，人都是自私的，都是经济理性动物。但是市场又给了一些人幻觉。有时候人们刚把赞美给予某人，却发现他已向丑陋发展；在小人那里，人们也会听到几句好话，如同莎翁笔下的坏人也能说出哲理。人们要做的，乃是像时间那样，扬善惩恶。

社会生活或者长时间疲软无趣，或者热闹一时、高潮迭起，其精彩让人目瞪口呆、大跌眼镜，连声感叹超出想象力。人们的生活就是等待、观看弄潮儿们的表演。人们以为他们有着正常的人性和思维，但他们多有匪夷所思的贪婪、残忍和恶意。我们如不能以最大的恶意揣测他们，监督他们，也应该努力做一个有尊严的观众。

让心灵不附着于当下的知识或信息是困难的。有人说，现代人多像残疾人，用博客、名声、八卦作为自己的义肢，永远处于半毁损半衰弱的状态。我多次引用荣格的话："世界史上的重大事件根本是不重要的，说到底，最紧要的事乃是个人的生命。只有它创造着历史，只有这时，伟大的转变才首次发生。"

有朋友谈起某媒体招募的主编，他的才能不配这个位置啊。有人说，媒体人物就这么多，谁配那个位置呢，多少人又配自己的位置呢？大家感叹，市场化毕竟催生了一些空间，但人才青黄不接，多不足以在其位。更重要的，是几代从业者在麻木中消磨了自己，才学识僵化变异，甚至退化成自己的混混和时代的混混。

虽然有不伦不类之嫌，但每一领域的状态和价值序列都可以找到相似性或同构处。有朋友就曾说过，看民国人物，尤其是知识人和商人，几乎多行罗汉道，行菩萨道者也有不少人。而看看周围，我们多是小鬼当道，就是在大学者大教授中间，能找到一两个罗汉道者算难能可贵了。这真是时移世异了。

有年轻作家被大家疏离，大家说他太偏激了。他苦笑，寻找安全的媒体和文化界只愿接纳老实的人、无个性的人、人云亦云的人；久而久之，他就会从众随流而至江郎才尽了。他的朋友不赞成，江郎才尽是庸众生活的结果，你的才华不应该消失啊。年轻人感叹，我们有十几亿人，年轻时都有灿烂的才华，今天不都消失了吗？

第二部分 精神状况

躁狂

一对年近七十的浙江老人仍在商海里弄潮，两子争宠、争储，长子一度得了抑郁症。熟悉他们的朋友说，金钱是他们家庭的长生牌位，是他们的中心和乐趣。他们似乎永远不能理解，人不是为了工作或金钱而生活。人生过了六十还榨取残余生命用于工作、显示财商智商、“发挥余热”，“那是一种对生命年华的羞辱”。

有人在海外遇到一掷千金的女人，为其气势折服，接触多之后知道是国内某某夫人，对其朋友感慨地说，不就是一贵夫人吗，何德何能如此招摇？朋友说，今天中国人之间的距离远大于我们的想象，有人在其位、有其名利，就能够威福。就像有二代者以为只有自己才算是王爷侯爷一样，我们跟他们已经不属于同一人类。

没有尊严感和自知之明者的“突起”不免膨胀，最近十年来我们不仅见识了不法官商的嘴脸，也看尽了知识暴发户的闹剧。他们横空出世，唯我独步，暴起一时；而变脸之快又令人目瞪口呆。他们在人类知识的海边捡到了几枚贝壳就以为可以买通鬼神，判断天地，遗憾的是，有不少年轻的朋友聪明得只想成为这一类人。

在一个极度开放的环境中，人们的心智反而会有某种恐惧，甚至会把自己幽闭起来。这也是大都市生活中抑郁症患者众多的原因之一。还有人固步自封，不容异己渗入。有老一代知识人只熟悉《马恩选集》或《毛泽东选集》，谈论后现代社会居然应对自如；或半部《论语》治天下，以儒救世自任。这大概是焦虑症或狂躁症患者吧。

人生有没有秘密？当然没有，那些暂时无知无闻的也在我们人类的经验和理解力之内。很多人爱把官场的阴谋、高层的决策、左或右的圈子，甚至华尔街的事件当做只有他与闻并能理解的秘密，那种智力和人生真是优越得可以，以至于一些年轻的心终年都在追寻的路上。不向社会公开的、不透明的专权因此所谓的秘密而能行其道。

有人无意中知道了他人的“秘密”，像揣着一团火，到处传播、放火。朋友制止他说，你就积点口德吧，也给自己积点阴德吧。说重一些你这是侵犯他人的名誉和隐私，说轻一些你是揣着刀伤人伤己。老天爷让你知道了别人的隐私，这是给你成长的资粮，供养你的人生圆满，你要知道这一点，不要去嚼舌头根子。

去掉一个坏习惯很难，比如撒谎的习惯。“我国人养成的习惯里，保持得最好、发挥得最淋漓的习惯乃是撒谎的习惯。不少中国人每天是要靠说几句谎言提升一天的生存质量的，卑污粗砺的生活借助于对他者的两句三句谎言得到了升华……”比如这一句：“至于你们信不信，我反正信了！”

人多讳疾忌医。看自己和身边很多人的治病过程，堪称白痴。虽然高知多会说出道理，但在关于自己身体的疗养上极为可笑。其中的悲喜闹剧，真可谓，可怜之人亦有可恨之处。一人如此，一政府一国家也如此：要么说自己没病，要么说自己治理得很好了，要么乱投医；对外人谈论其病参与治理，是极为忌讳的。

我们对成功人士的加冕，使很多成功人士成功地成为我们时代的二丑。在民众这里“讪君卖直”，在官家那里“讪民卖乖”……他们在官民之外生活着，以为自己超脱了官民中的腐败、暴戾，在社会上欢实着，垄断挟持资源却能跟社会病变划清界限。人生社会演进的改革、革命或抗争，很少在他们那里发生，因为他们“成功”了。

我们经常听到对个人仇怨性或居高临下的言论，这种戾气或痛快如出自优雅知性之口，看似有力，其实反证了自身的阴暗。有朋友说，看似聪明的人用全身的重量来保护自己、来攻击自己设定的目标，就像动物会用肮脏的气味来捍卫自己的领地一样；他们怎么从来不想一想自己的位置，自己对世界的割裂和伤害？

我们的自我多是自大、私心、性格偏差和现代教育的混合物，不少人因此失去了跟生命和爱的最基本要素之间的联系，他们感觉不到自己世界的有机部分。相反，他们相信自己完全独立的人，有绝对的自由意志和判断力，自己是少数或唯一“可观”的存在……但这种愚昧或精神疾病使他们与世界日益疏远，一无足观。

市场化盘活了很多观念，也提高了人们的环保意识。一方面是知识的发明发见需要流布，一方面是对伪劣知识浪费资源能源的厌恶。听说有学者几年内要出版几十本书，有人说，这不是大炼钢铁、多快好省一类的翻版吗？什么样的冲动才让人有这样的胆量？有人说，这要浪费多大一片森林啊。

第二部分 精神状况

病变

一个社会病变成一沟死水，在很大程度上缘于其头脑的乡愿、犬儒。久而久之，它已经无力自救，难以给自己做什么手术。但这种死水式的躯体仍能养活规模庞大的苍蝇蚊子，它们之间仍有着可陶醉赞美的荣誉和名利。像诗人所说的，“如果青蛙耐不住寂寞，又算死水叫出了歌声。”

“我总要上下四方寻求，得到一种最黑，最黑，最黑的咒文……即使人死了真有灵魂，因这最恶的心，应该堕入地狱，也将决不改悔……”我以前激赏这样的文字。现在到了鲁迅写此文字的年龄，我想说，作为后来者很是惭愧。

要完全理解并实现人类的才能多么困难。有时候人们局限到猪圈的生活，在其中竟也能够安身立命，并享受猪一样的哼哼之乐。别人发明的网络虽然虚拟却也成为我们实在的玩具。但人该与天地参，一贯三为王。尼采赞赏歌德与中国圣贤的话相似：做地上的王者，这也是我和众诗人的事业。

我们对历史思考得越多，改造世界的雄心愿心不免会遇到自我否定。任何一段历史的复杂性都足以使人沮丧，甚至使严肃的思想家抑郁。但是，像韦伯那样的思想家仍以坚定的态度对社会文化的末世现象施以审判："专家们没有灵魂，纵欲者没有心肝，这个废物却在自己的想象中以为它已经达到前所未有的文明水平。"

人生的惨烈难以言喻。曾有一个女孩被禁足一周，后来她说，自己病了，在那时，真理、知识、正义，包括我们这些朋友都轻如鸿毛，她在绝望中只想皈依，把自己交出去，但交出去又何其难。以家为狱的盲人在病危中，何其惨酷。我们哀求、屈服，但在人间已无回声。三十年前的烈士说过，"我向活人呼唤千万遍，恰似呼唤一个死人。"

以前每每读到外人说要学习东方文明传统的言论时都很高兴，后来明白：我们虽然生活在东方，但并不代表东方文明传统。我们既算不上先人遗产的继承发扬者，也算不上是其看管人。我们只是现代化进程中的末端者，有着"末人的悲哀"。没有自身的独立创造，没有自我，我们既无能领略西方，也"赓续"不了东方。

一个人的创造力是宝贵的，有限的，可以说稍纵即逝。故我们必须给他施展的机会。我们经常看到，因为机会的垄断，因为旧人新人的跋扈张扬等等原因，一个人、一代人都未能登上施展的历史舞台就退场了。他们一生显得庸庸碌碌，似乎从未知道自由的可能性和创造的力量。这既是个人的悲剧，也是社会的悲剧。

前贤的话在回味中显示出汇通的可能。孔子说，危邦不入，乱邦不居，天下有道则人，无道则隐。邦有道，贫且贱焉，耻也。邦无道，富且贵焉，耻也。鲁迅说，有我所不乐意的在天堂里，我不愿去；有我所不乐意的在地狱里，我不愿去；有我所不乐意的在你们将来的黄金世界里，我不愿去。

昨天凄风苦雨，令人多有伤感。想到林妹妹有名句，一年三百六十日，风刀霜剑严相逼。居然跟两千年前的庄子同义，庄子说过，当今之世，仅免刑焉。在一个特定的时世中，确实，人能做得最好的，莫过于“仅免刑焉”。时人说，要吐出狼奶，这种认知也算靠谱。无怪诗人说，有何胜利可言，挺住意味一切。

对一个自洽的体系来说，它不走完自己的末路是不会停步的；无论封闭或抱残守缺地半开半闭，外人都难以理解它。在其门槛内外劝诱哄骗者，都会被其厚黑绞杀。人生多半也如此，进入轨道后，所谓入道，他只是一个无解、“绝物”；而对于新人来说，却有无限的可能性。这也是为什么指望他者自觉是天真梦呓。

面对我们社会的灾难和未来的灾难，人们没有太多的感觉，即使有一些恐惧，但仍能因循着过活。在诸多灾难预言还没有实现之前，人们多如看戏。灾难和我们息息相关，可是“跟我无关”，这是我们当代社会真正的灾难。

一个人的创造力是有限的，其保守、堕落又是具有破坏性的，故必须给他限制。我们经常看到，一个人乘龙攀凤地登上社会的高位，或自抬身价，他们在其位不谋其政，垄断了足够的资源，只是用来做一点儿小事或好人好事。因此，引入时间的刚性制约是必要的。人们给他十年八年的机会足够了，无论他是否创造过，是否从十年后开始创造，他都该退场。

由于社会生活的停滞、沉闷，一个人年轻时参与的社会运动竟能成为他一生重要的回味。上山下乡的知青是不用说了，80年代动辄上街的爱国狂欢的师生们也不用说了，就是十多年前美军炸我使馆后上街的学生们，今天回忆起来，也是眉飞色舞。一次运动助产了代际中的领袖、哲人、宣传鼓动家……

想起布莱希特的“致后人”：我的确生活在黑暗时代!一个坦率的词是一种荒唐。光滑的前额提示着一颗坚硬的心脏。那笑着的人仍未听见这可怕的消息。……这年月,吟风弄月也是罪孽,因为沉默包含着太多的恶行!那边,泰然自若、穿街过巷的人,莫非有意回避他那身处危难的友人?……

第二部分 精神状况

流氓

人阔就变脸，这在我们社会里似乎是一个规律。暴发户会得很多病，知识的暴发户尤其如此，其中最有意思的病是“失心疯”，一如《倚天屠龙记》中的谢逊，抱着屠龙刀苦思冥想之际能对天上地下古往今来的人物“詈骂不休”。我们经常看到一些熟悉的学者朋友变脸，显然，他们早就认为自己不世出地暴发了。

流氓人种学。一些阔了的学者，十多年里，都说着“正确无误”的话。一些小康了的市民，捧着自己“十几万吃出的一个肚子”，也是无所用心，不以为丑，反以为荣。他们的相貌，似乎是这个转型的社会给予的，这些“面具”至此而穷：没有个性，但面皮松快；没有心肝，但占据舞台。

流氓人种学。父亲在世时曾有一时糊涂，到北京来嘀咕说我混得没个人样儿，回乡没头没脸的，说还不如村里的干部，看谁谁谁，一天到晚吃馆子，一脸横肉不说，肚子胖得系不了裤带，裤带挎在肚脐下。几有派啊。我那时只是气极而笑，跟父亲说，这很丑，晓得吧，整个一个小流氓。说到后来，父亲也笑了，是的，是丑。

我在《非常道2》里收录了一个二战期间治国者外貌的比较研究。独裁者如希特勒、墨索里尼等人是紧张和焦虑的，他们的脸上有很深的皱纹；面容憔悴，过早衰老；他们全神贯注于自己造成的令其精疲力竭、焦头烂额的时局，他们独处时显得疲惫而困惑。看看今天的萨达姆、穆巴拉克、卡扎菲……等人，仍是如此。

我们社会层出不穷的灾难事件让人震惊以至于麻木。那些横蛮的城管、飙车的少年、唯彼威福的贪官污吏……他们置身于大众的围观时代，何至于还那样嚣张、犯下神人共愤的罪错？因为其心智、道德准则、社会化程度停滞不前。这些类人孩们拥有了资源或现代社会的“神兵利器”，反而多是文明的灾难。

有的人，要么顺势得只会肉麻，赞美，陶醉；要么反动得津津乐道于人物事件的阴暗面，去揭老底，去撕画皮，去证明他或它的罪恶。因此，要警惕自己，是否只会一味地看见别人的脏事、坏事、短处就兴奋，就要下结论。这种类似“扒粪记者”的言行多半毁了自己，让人做了“逐臭之夫”。

第二部分 精神状况

坎陷

我理解的中国社会，一方面有荒淫无耻，一方面有庄严的献身。这种人生社会的劫难有待我们全体中国人来画一个句号。我们的精英和中产阶级，能用脚投票的多到海外找后路了；但我希望大家能一起努力建设好自家的园地。

据说末日审判时，大家兴高采烈、争先恐后地向上帝跑去，他们说，我们终于获得了自由。但他们在中途挤作一团，相互争吵，难以前行半步，他们离上帝可望不可即。有骂的，你也配得到审判。有揭老底的，你不能欺骗大家后再去欺骗上帝。有质问的，你感觉这么好，你扪心自问，你为争取自由做了什么？……

"我们生活在一个水深火热的世界。我们的身体深受水火的煎熬。我们化妆，在聚光灯下烘烤，我们吃各种药丸，我们美容，我们做手术，让各种大夫和专家在我们身上刀耕火种，人工降雨。我们很容易上火、发炎，但我们仍酷爱触电，酷爱香烟、美酒，辣椒、超级辣、变态辣，我们也深受水的毒害，一不小心就身染湿毒。"

嗜欲深者天机浅，人和社会因此再度蒙昧。我们多见过一个开放的、朝气蓬勃的人和时代，久而久之，他和它的愚蠢、自是、罪苦令人厌恶也令人悲悯，即跟放纵激情欲望的蒙昧化有关。20世纪30年代的"新启蒙"、"新生活"以及90年代以来的"硬道理"、"新生活"等等，消解了五四和80年代，使社会再度坎陷。

我们真是遭遇了末世废世，却无能为力。年轻时写诗说，"奇遇跟日常生活联手/向人的话语王国进攻/感叹词像瘟疫一样流行/求生的企图矫揉造作/贩卖语言的人窘态百出……"

现代社会的复杂性给了很多人幻觉，以为自己可以苟安、混世，天塌了有高个子顶着，自己不行善仍能得到善的环境……中国问题的艰难也在于此。人们多心安理得，还以为有希望。

我曾说我们没有度过革命世纪，其实还有很多，比如还没有度过作为材料的时代。生活提供了足够丰富的材料，我们难以提炼，怯于把握。八九年前，我说一个概念时，好几个朋友嘲笑我……如今想来，恍若隔世，我们注定做他人眼中的材料。

第二部分 精神状况

学生时代读近代史，看到统治者对外或谄媚或自大傲慢的态度殊不可解，以为是国门未打开的愚昧之故。看他们那样光棍，那样挟持民众以讨价还价，得了便宜还卖蛮横；直到国门被打开了，他们仍可以不可理喻的黑社会方式威福下去。我们才知道社会转型还未完成，还活在历史里。

有时候，人生社会的正义是以退场或不在场来表达的；在我们社会里，这更应成为文化人的常识。那些上场标榜自己在表现良知正义乃至艺术的艺术家、那些占位五年十年之久的艺术家，虽然博得一时的热闹分得社会的红利，但他们把自己置于可笑可悲的境地：他们是不义的。

类人孩

经常听到有人大言不惭地说：我们缺少学问家，缺少知识分子，当代没有有良知的作家，没有政治家和有担当的商人……我就想，他们把自己置于何地呢。这并不是要他们去做学问，去做知识分子，去经商从政……而是说他们连去寻找发现的工作都不做。活在当代，类人孩们连做看客或说做观众的能力都没有。

类人孩没有走路、说话、交友等等权利，也不懂得如何走路、说话、交友……十几年前想这个问题时，仍没想到对类人孩们的管理如此儿戏。最可怜的是大家久而久之的冷漠、彼此敌视，或乱作一团，或同归于尽。

第二部分 精神状况

个人之自觉在不自由的社会生活中是一个难题。我们难以活出有效的个体，比如孔子感叹四十不惑，但后来的人到中年仍受诱惑。吾人多要延迟三五年，才能真正不受诱惑。如曾国藩、左宗棠、蒋介石等人都是延后多年才不受诱惑的。至于困惑，要到五十才能知天命。而那些身心发展不顺的人也许终其一生都无知而甘受诱惑。

观乎天文，以察时变；观乎人文，以化成天下。旁观跟参与有着同等的分量。遗憾的是，我们很少有人观乎天文人文，更少有人观察自己。这一个自我是否参与了自我和环境的改善，进而完成了自己的天命，实现了莱布尼茨等人说的“先天的和谐”。回过头看，东西方先哲常用的日课乃至功过真是值得顶礼致意。

开智启蒙的本质在开启生命的元气，那种生命个体淋漓而合道理性情的创造力。凡是与此无缘的能人、与时世浮沉者，都在蒙昧状态。知识知道分子，混世虽可，积久则为业力。故古人说，记诵之学，不能称学问，不足为人师。爱因斯坦说，凡是百科全书上查得到的知识我都不记在心上，免得把脑子占满了。

生活在真实之中。一个人的真实性要跟他的时位相联系才有意义，一个身居高位的人只是不说假话或保持沉默，一个有巨大资源的人只是跟初出茅庐的青年一起志愿，一个几乎一无所有的年轻人心怀天下地务虚于天下……都与真实、正义和善相去甚远。他们或虚或伪，构成了社会发展完善中的障碍。

我们的社会一如其众多的个体，在心智情感欲望方面的发展单调而极端，且多停留在吃穿住行美色文章等上面，对精神、历史目的、宇宙演进、天下关怀等等的关注总是简单化。这样，社会更具规模，却也更没有头脑了。

没有自由的思想，个体心智会发育成什么样子，是我一直关心却未深究的社会问题。从自身及周围的关系中，我们仍多少明白自己的停滞和非常态。麦克阿瑟当年断言：在科学、宗教等方面，欧美人是四十五岁，但日本国民的精神年龄只有十二岁。我们曾有许多年不能自由思想的社会生活经验，那么，我们是遗老，还是遗少？

十几年前提“类人孩”这个概念或假说时，不断论证其适用范围，希望唤起注意。时至今日，生活中这类存在无处不在，已经让人失去了言说的兴趣。我们最强梁的人和最卑微的人，都要向外跑以求保守，外在的权利何其脆弱，内里的心智又何其蒙尘。专气致柔，能婴儿乎？人们一举一动一如儿戏，但这又是何其残酷惨烈的游戏？

有人问，类人孩的心智进化到什么阶段停滞不前。惭愧我研究得不够深入，大体说来，我们这些类人孩停留在“习俗阶段”（即人际关系和谐的好孩子定向和维护既定权威的秩序定向）和“非习俗阶段”（即说“不”定向）。我们可以迈过“前习俗阶段”，但很难抵达“后习俗阶段”，即“自我接受准则的道德和认知水平”。

第二部分 精神状况

异乡人

我们当代人的历史在很大程度上是殖民史、移民史、流亡史，是一切生根立足的基础被连根拔掉的历史。我们成了这个世界的异乡人，一个暂时落脚处的访客。教育剥夺了我们的语言，综艺剥夺了我们的歌声，色情业剥夺了我们的肉体……一切所谓的归属都是虚伪的，不确定的。

很多人意识到现代生活的危机，但无法摆脱，因为这也是演进的结果，除非我们愿意做一个传统意义上的隐士、生活的旁观者、边缘人，否则我们还是得接受生活的挑战。重要的是，我们一旦意识到问题所在，就应该力争改变。就像不少人实践的，意识到了喧哗之为泡沫，就努力过自己的生活。文明才会因此不断突破，直到达成新的平衡。

人格的健康成熟在很大程度上取决于他跟自己和世界的关系，他是否真正懂得发生关系的方式有很多，理性的、经验的、启示的……现代社会强调理性，最后演变成一种庸俗的视觉思维。我们的绝大部分生活处在一种视觉当中，离开看到的东西，我们既无从交流，也难以自处。有些人更认为，不在他的视野之内，就等于不存在。

四五百年来的启蒙运动给自己加冕了很多神话，如发展、进步、新天新地等等，在今天，这些神话仍有人相信，也有人厌恶它、看到了它的千疮百孔。我们如果要超越这个神话，并给自己和他人以更健康的生活，我们就得向包括启蒙传统在内的众多的文明传统寻求智慧，用前人的话，进化是必然的，但实情是俱分进化。善在进化，恶也在进化。

网络时代带来的挑战还刚刚开始。对人生交流来说，它挑战我们的心智，使我们学习着“明心见性”，在世象环生之外直抵心源。我们省略了论证、分析、例据，直接为一个人或一种观念盖棺定论。一个人无论如何辩解，他抄了不该抄的东西，他就是那种人。一种观点，无论以多么长的篇幅论证，它不符合我们的心性，它就是伪说……

二十多年来的历史表明，我们知识人也曾经错了，我们当时对社会发展所持的观点多是伪说、幻想、错误。我们以为自己下海、富起来，成为中产阶级，扩大社会公共空间，等等，就能推动社会的进步。我们忘记了知识的本质在于命名和审判，而多为现实说项或辩护。很多人在此类幻想中沦陷了。当然，人格渐卑庸福近。

据说医生们发出了警告：我们在千万年历史中适应下来的脾胃，在近几十年来突然面临食物丰富的挑战，进而身体出现了紊乱；男女在授受不亲中如炼狱般的爱情友情，今天已经被性的杯水和搏位走秀代替……这确实是一个问题。如果我们只能用肠胃口腔、用下半身来庆典人生，我们就只不过是食魔色魔，是流氓吃货。

科层制的社会运行当然有其合理性，但其无一例外地会走向“官僚病”，一个人躲在科层体制中消磨岁月，逃避责任，唯彼威福。这也是现代性危机或现代人虚无的一大原因。我们看一个长时间在科层体制中讨生活的人突然发布其“洞见”，甚至做过来人状，唯彼正确状，我们完全可以忽略他们，他们既无勇气也无识见。

听人谈工作多了，恍然明白工作秩序已经是我们世界的秩序。十多年前写了一句“睁眼即得劳作”受老莫称赞，那时并不理解工作：与其说是为了生产以满足需求，还不如说是为了生产生产者和消费者。“工作本身并不恐怖，恐怖的是它有效地消灭了工作之外的一切。于是我们参与自我剥削，让自己变得‘好用’。”

有人说，我们绝大部分人才集中在北京上海等地，这些曾经“年轻有为”的梦想者，不少发生变异，且融入了“世俗生活”。这些人有闲人、达人、妖人、庸人、恶人、凶人、忙人……每个人都按他自己的恐惧和胆识偷生，很少持久地成全年轻时的仁人志士，更少成为圣人、贤人、国士、战士……这话留作纪念。

指明日常生活中的变异，并非指责某个人；而是提醒说，我们的情感和理性之发展跟特权层纸相隔。为什么有这么多的人要背井离乡，甚至远走高飞到他乡异国，直把他乡作故乡……在相当大的程度上，在于生活伦理尤其是制度的变态，人们希望给自己和孩子一个还算人性化的环境或未来。“其亡，其亡，系于苞桑。”

前贤多有说他看尽了世界性事件，观止了；但历史仍出乎意外地展开。今天我们生活得更琐碎更细致了，我们多少失去了这种历史感，其实也丧失了真实的微观经验。歌德说，每遇政界有大事震动心目，则黾勉致力于一种绝不关系此事之学问以收吾心。孟子要求人生求其放心，正与歌德同义。

我们现代人多生活得繁复，却也无足够的资讯和逻辑分析能力，以至于我们跟对象之间多半做想当然地理解。本是贾府的焦大、戏子或票友，但在当下不少人眼里，在媒体的粉墨里，他们都是独立的个体、精英或成功人士，是意见领袖，是转型社会积极的推动者……只有少数人才能看出某人之贪之黑，某人吃相难看……

尽管个人的创造力无限，但现代人越来越认命般地承认，在一个系统内生存，个人的努力如果偏离系统自身的轨迹，甚至发生冲突，多半是悲剧闹剧，无济于事。时来天地皆同力，运去英雄不自由。十几亿人的知行、数代人的时间，搞不过一个系统，原因或在于此。但是，要怎样选择生活，我们才能俯仰无愧？

第二部分 精神状况

一位女士抱怨她的先生似乎得了微博控，半年来每天十几个小时在网络上。有朋友安慰她说："你老公得的是一种罕见的、我们这个社会最值得尊敬的微博综合征。无论如何，这是一个好的兆头。……在很多得三高病的成功人士看来是不可思议的。他才是我们社会最正常的公民……"

传统社会认为，君子之德风，小人之德草，风来草伏。但在我们的生活中，再有人格魅力的君子德行，都不足以偃伏大家；能够偃伏大家的，是日新月异的新生活技术和新闻信息。我确实见过不用电灯的寺庙，不用手机、电脑的学者……但绝大多数人，都在乌合起来的风中扎堆聚众起伏。其中的得与失，我们还少有足够的观察。

人間世

灰社会

面对黑箱作业或潜规则操作，视觉思维无能为力。它只能等待、想象，它的等待有时悲壮，长达一年一届或一生，它的想象不免乡愿，想象非其所长，它的想象幼稚可怜。它把等待、想象、目光留给了黑箱，它最终把自己留给了虚无。它只会看，已经无能服务于人本身：一个自足的、功行至于圆满的宇宙。

跟身外的利维坦或难以名状的怪物同行，是对我们心智的考验。它蔑视我们剥夺我们，在威福之余还做鬼脸编故事，一惊一乍，它甚至影响到我们的思想，我们经常会忘了自己的生活、是非善恶。久而久之，它绑架了我们、成功地改造了我们。我们是它的作品。

有资源者不能倾斜、资助或“转移支付”给穷窘者，本身即是对社会公正和谐的破坏；他自己也被资源禁锢，失去了创造力。一个满腹经纶的知识人、一个在其位的权势者、一个富可倾城的资本家，看着社会道路上的败坏、坑洼而无能无意铺平。我们社会有巨量的资源，但我们社会还没有力量，我们有量，无力。

我们在自身的系统内越是自洽，我们可能越是难以“抱残守缺”地向外界开放。我们越是要证明自己的主流，我们失去存在的可能性越大。在人生的旅途中，最忌同质化同志化的圈子，最忌信徒粉丝们的起哄。人生应该在陌生异己间获得锻炼，获得新生般的知识、精神和信念。

在我们的社会里，很多时候，血缘、情缘是维系善的最后形式。而善也因此扭曲，甚至呈现残酷的面容。当茶叶、药品、人行道、文字等等都得小心的时候，还有什么是可以相信的呢？非我族类，其心必异。非我圈子，其心可疑。我们紧紧抓住的，也是不断缩小差序的格局，是亲友，我们把亲友扭曲成“稻草”。

有人劝一位高权重的饱学之士，应该走出象牙塔，去看一看民间疾苦。他说：“外边太乱了，我管不了，就算了。”这样的饱学是否是对学问真理的侮辱？这样的权贵是否是一种人种的退化？这样的人活成了笑话，却仍能横行一时。他们寄情象牙塔，寄命孔方兄，寄身保镖一类的盔甲后面，跟大众、世道人心咫尺之遥。

有作家的官场朋友做了某地方的一把手，请作家对饮。两人酒酣耳热，作家问一把履新后的感受，一把说，就八个字，“为所欲为！”“一言九鼎！”作家一惊，弱弱地问：“不怕被扒光么？”一把长笑：“扒光，那是小概率事件……可惜你虽是作家，却没有才华想象这社会的滋味，也总结不出这样的人生……”

一机构邀请我参加一个文化活动，问我的出场费要多少。我愣了一下后，仍跟过去一样拒绝了。我能接受盛情，但拒绝这种游戏。名人们从几千到十万百万标价，这种名人不做也罢。更重要的是，即使有空，我是否要让各类游戏、诱惑、表态、走秀填满，我就不能陪我好好待着吗？

世道从80年代的推崇文化到如今的拜物，真是值得参与其中的我们检讨。我们推波助澜，居然给后来者留下这样的社会生存环境。我曾经说，所有安然度过这一世三十年的人，都不能说自己是绝对正直、清白无辜的。“对祖先、文明、人性和我们的孩子来说，我们都有一些难以启齿的言行、心理和思维。”

在我们文明的智慧里，权力、富贵者有着自己的位置，有自己的应然和果然。一个在其位不谋其政的官吏，一个拥有资源不能充分回报社会的富贵者，一个有权势只知威胁恐吓民众的富贵者，属于“不当位”、“失位”、“出位”，他的果然里就有悔吝、凶咎、亡……虽然他不一定知道，但他在民众和舆论里已经是一个笑话。

文化乞丐

我们很多人是文化古国活下来的乞儿或光棍儿，这样说，一如说我们守着金矿讨饭吃。其实，更准确地说，有些人成为文化乞丐是因为他们对身边、脚底下的金矿不屑一顾。今天，在现代技术的支持下，世界范围内的文化财可谓随时可以为个人享有，但人们舍此财而寻乞，而难掩穷相。孟子讽刺此种人，是不为也，非不能也。

一个人的肩上如果扛着别人的头脑，他怎么知道自己的境况呢？但也有例外。多年前在北京遇到一打工的年轻人，他对中学时的知识积累很是自信，自己的世界观正确而清晰。以我的木讷笨拙，跟他谈论起片面的唯物主义的错误，他终于意识到，自己那牢不可破的拜物教大厦千疮百孔，他为此笑，又痛哭失声。

驻在自家文化里跟他人相处，乃是一种除魅的过程。在文化碰撞等意义上，不能交流沟通的主体都处在蒙昧状态。一百多年来的苦难、战争、革命、开放，给了我们丰富的教训，但还要再过很多年，我们中国人才会注意地球村里的风景，欣赏美和理性，才会示范文明。借用歌德的话说，我们当代的中国人还是蒙昧时代的人。

有些问题如“文化孰优孰劣”在文化碰撞初期尚有意义，今天仍提就是大而无当，伪劣忽悠。今天的文明如自然科学早已无国界，无意识形态界，无人种界，无宗教界了。要在孰优，何时优，何人优……如此问确有优劣可比。硬科学不必说了。联合国的“人权宣言”就是一个可操作的孰优孰劣判据。

虽然各传统文化在现代文明面前无可挽回地成为历史，但总有人以为自己有起死回生之能，也总有人相信传统里有神迹、神通。有年轻人说他用百万言证明了三五千言的传统文献有现代社会理想的一切：宪政、和谐、幸福，等等，有个老大爷摇头说：小伙子，年纪轻轻地做什么不好，做苦力也比骗吃骗喝好啊。

一些有沧桑感的人爱说回不去了。曾经沧海难为水，除却巫山不是云。这在我们的文化环境中尤其如此，即使人们仍有回去的意愿，但物是人非，他仍然回不去。很多人最终变脸，高而无位、富贵无亲、迂阔无边，他们不再是一个能上能下出入自如的个体，无怀玉披褐、回归于零的勇气胆识。我们的文化说，唯大英雄能本色。

曾问一个历史学家，我们的时代跟历史上什么时代相似？答说不知，只知我们仍活在历史之中。我们层出不穷的影射史学和影射文学，从大秦帝国到晚清、民国，学者作家们谬托知己，大概有如此感知。但影射史学文学既非真正的史学文学，也跟历史进程脱节。思想学术创造，仍来自对社会现实的洞察、命名和预判。

影射史学文学当然有价值，但这种价值建立在知人论世基础上，甚至对当下社会结构和知识状态有足够的把握。就是说，如果一个作者对当下的左右、革命改良等思潮及其人物没有同情之了解，无知于当下，他对变法、大秦帝国、辛亥人物等等的解读就是纸上谈兵的。反之亦然，对历史无知无畏者，对现实茫然而势利。

我们对文化的端正态度被世道废掉了，大家随波逐流，文化人难以自立，只好绞尽脑汁地谋生。为了一个基本的生存，其作态不免可笑亦复可怜。我们难以静心于本职，以为社会提供健康的知识产品。有人刻薄地说，你们很多成功的画家都像老板，成功的文人都像计谋百出的商人，不用以后再做结论，你们的作为多是历史的笑柄。

我有时候很佩服那些自信满满的人，但不喜欢他们因此狂得没边。比如他们宣称天下只有他们几个人懂学术，某某方面应该听某个大牛的；更有人闭门造车，说他的思想是为未来五十年一百年的国人做准备的。要是他们怀着这种信心去做一些踏实的事，我们将多么有福啊。他们多半无所成，但我们没有妨碍了他们“横空出世”啊。

我们的社会没有文化，原因多多，其中之一是我们不少文化人只是从业者，仅仅把文化当饭碗或敲门砖了。没有多少人坚持并献身文化。在政客、商人等成功人士眼里，文化人无能自立，没有自己的生活方式，没有什么创造的魅力。我们自己有时候也会痛感文化的无力，所谓“雕虫小技，壮夫不为”。

我们可以想见五四先贤们对国学的态度，两千年间只是无数的头脑在伦理垃圾堆中讨生活。闻一多曾说，“我比任何人还恨那故纸堆，正因为恨它，更不能不弄个明白”。这大概是五四精神于国故中最为积极的态度。

我们的文化大概是最不尊重文化一类的客体或关系的。宋朝对文化的尊重达到了传统中国的高峰，但很快元朝征服者即将文化人踩到底层，一时称“九儒十丐”。文化人很少有职业尊严、人格尊严、阶层尊严。文化的依附性随时可见，文化是个毛，三毛五毛，皮之不存，毛将焉附。

第二部分 精神状况

精神分裂

很多人生活得不免分裂，白天、单位、公共场合做鬼，夜晚、家里、私下、网上做人，或者有相反者。西方人也说过，白天做桑丘，晚上做堂吉诃德。但同样是前现代社会，别人能够借主人公之口喊出了“人的高贵”，“宇宙的精华，万物的灵长”……还有，“做一个人多么骄傲！”

“两头真”牵涉到太多身边的人。我们多无勇气思考此种现象的本质。它涉及的不仅是转型社会的做人原则、道德情怀，还涉及到民众的生存哲学、精神现象学、心理学和美学。新的知识、新的人……因此难以出现。

我们常说，这个人人格分裂，那个人是双重人格。事实上，我们每个人身上都有两种以上的声音，身体的信号、心的叹息，我们习惯于压制，而尽可能让自己以外在认可的形式表现，如有才有料，强颜欢笑……久而久之，人生如戏如剧，生命难以真实、统一。荣格因此说，人的任务，就是意识到潜意识向上努力涌出的内容。

第二部分 精神状况

极权主义

极权或次法西斯时代的精英有一种脸谱模糊化趋同化特征：商人像政论家，作家、教授如政客（如海德格尔等），政客如小丑……当然，还有一类小康精英，整天忙得既不像学者也不像政客。对比出将入相、出相入医、出政入学等等来说，他们真是做戏的虚无党。他们无能敬业、尽职，因为他们没有自己或自己的事业。

多年前，我引用过一个故事：一个美国土著人给他的孙子讲述他的感受说，“我感觉好像在我心里有两只狼在搏斗，一只满怀报复心，愤怒且充满暴力；另一只富有爱心和关怀。”孙子问，“哪一只狼会赢呢？”爷爷回答说，“我喂的那一只。”

非常生活

既有的语言构成我们思维的边界，思维的拓展需要新的话语。在上下、贫富、城乡之间，如果都固守自家的语言，无能跟对方共享或分享新的话语，我们就没有相处的能力和经验。很多时候，新语不是由上面发布流行的，而是弱势者抗争散播开来的。抗争创造出人们所需要的语言。

“死是容易的，活着却更难。”年轻时不懂得这样的话，后来才明白它指的是什么。引申开来，赴死、激烈、感性、愤青、批判、否定、破坏、动口不动手的清谈……等等是容易的，但革命性的建设、理性、生长、从容、承认……等等，要难得多。否定别人是容易的，活出自己却要困难得多。

体制的活力在于不断地呼应体制外，解答其要求。假如体制无视体制外的呼吁、笑骂、喝倒彩，只是捡选体制内外的个案来作秀、给自己加冕。这样的体制一如封建“土围子”，一种跟文明相去甚远的存在状态。

人们缺少交流沟通的共识和制度安排，当人们想讲点儿道理时，就像是在对一堵墙说话。那堵墙活动起来，多半是《水浒传》里的权威而残忍：你这厮，只是俺手里的一个行货！行货在今天即是项目、物件。我们很多人不过是人家手里的一个项目、一个物件。

在特权盛行的生活中挣命的我们多可耻地滑向特权。我们经常听到有人说，别人送了他一瓶特供酒，他的烟不对外销售，这袋米是部队农场产的，这茶是景区产的……一切都跟特权相联，我们自己也不免沾沾而喜，享用起来与有荣焉。

存在的未必合理。一般人可以对自己的时代想当然，但追问自身、反求诸己正是知识、思想的开端。我们的社会删除过、屏蔽过胡适、傅斯年、洪谦……能想到邓恩的名言吗？直面生存的不义不仅仅是哲人才士的工作……

想起小时候在长夜里盼天亮的事。还有集体宿舍那些熬不住就频频起床的同学。当然，最悲摧的，是那些临近天亮还尿床一泡的人，骚死一屋子人。现在我们身边就有不少这种人。只有闻鸡起舞或天明即起的人，才有着酣畅淋漓的宣泄和神完气足的状态。

由于蒙尘、嗜欲，一个社会的大多数人无知也难为正当的人生，人们在其位不尽其责。在官位的、在资本位的、在知识位的、在长辈位的……到处是不用负责付出的言行，是轻松地化苦难、悲剧、罪恶供大家一笑的言行。启蒙是对人性的回归。启蒙既是观念性的，更是从生存现象出发的。启蒙是希望他人的，更是从自己出发的。

这几天举意戒酒，给自己找了好多不戒的理由，其中之一是自己有意志力，能够控制得住。突然想到梁和平先生对骗人制度的控诉，他们骗人失败了，他们出来时痛心疾首，并总结教训，说下次要骗得技术一些，要能骗得过去；他们从来不说，人就不应该行骗，他们从来不说自己行骗不对。原来我跟他们一个德性啊。

最近听到不少人说以后如何的话，让我想起前年在云南遇到的一回族老人。那位八十多岁的老先生跟我聊了十来分钟，就要求停住，说先求我一件事再继续聊天。我答应了。老先生才说，他估计等不到某天了，但已经给自己设计好了墓碑。他郑重请求我，届时到他的坟前给他献一束花，我将看到他的微笑。

很多人包括我自己都偏好批评，但批评如果只是为了证明自身跟政治正确或知识正确在一起，只是为了证明对象的罪错，这意义不大。用不着久而久之，再三如此，批评者的义正辞严就走向反面，甚至证明了自己只是逐臭之夫。这个原则大概适用于关注或批评极端分子及其言论的个人和媒体，社会因此劣胜优汰。

很多人有咒骂历史人物的爱好，自觉有些文化知识的人尤其善示自己的“知识正确”或知人之智明。对毛泽东、孙中山如此，对马克思也如此。其实，把历史人物请下神坛，不必以踩踏他们或“扒粪”为极端。

据说我们中国人的“捣浆糊”功夫世界第一，有些人的功夫更是匪夷所思。他们小捣一下，就有众人蜂拥而上，群捣其中，进行论争，“天下英雄尽入彀中”。有人说，对捣浆糊者，最好的态度是不要理会，赶紧进行自己的创造；若认真对待，就不得不回到低于历史的起点，被挟持得一生成一弱智。

第三部分

时空演化

九/自然

自然

人到中年，光阴苦短。有时候在窗前紧张地工作一下午，抬头看到太阳光斜斜地把对面的楼房照亮，顿时有无言的静谧。无边的静倾听我们，我们能给出什么呢？我们的青春就这样逝而难返，一如蛮有把握的家事国事天下事从我们手中滑落。如今，只有岁月跟我们如此亲近，而中国或说一种文明的波动离我们那么遥远。

80年代的中国也许称得上传统农耕社会的最后阶段。那时我们多少能够体会到每一寸土地的神圣性——“每一根灿亮的松针，每一片海滩，森林中的薄雾，每一片草地，每一只嗡嗡作响的昆虫，所有的这些生物，一枝花一点露，在我们的记忆里都是圣洁的。”

西雅图酋长教训美国政府的话在近二百年后成为了经典，这个旧道德秩序的发言人说：“你们的目的对我们而言是一个谜，世界会变成什么样子呢？当森林中所有秘密的角落都被人类侵入，所有果实累累的山丘都插满了电线杆时，世界会变什么样子呢？灌木丛该长到哪儿呢？老鹰会去哪里呢？……那将不再是生活而只是求生存。”

“你还记得第一声春雷前后的感觉吗，还记得第一片落叶时的感觉吗，那都是天地变颜的关键时分。你还记得月相是怎么盈后亏缺，大逝而反吗；你还记得日光是怎么中天在上，晨昏而远吗；那都是日月运行的必由之路。你品味得出上游河水跟中下游河水的分别吗，你感觉得出山间空气跟平原空气的味道分别吗……”

石头是有记忆的，土地的记忆更宽厚深沉，云水是有记忆的，天空的记忆更广大高远。树的年轮、沙的形状、风的逊入、山的静默，都有记忆。甚至钢铁也有记忆，塑料有记忆，电脑有记忆。记忆是我们跟世界完美相伴的桥梁。但在异化的生活中，我们有意无意地学习着忘记，删除，屏蔽，我们目不暇接地为眼前占有。

我们对季候转换的捕捉多半徒劳。很多次地提醒自己，在百花盛开或凋谢的时候，在小草泛绿或枯黄的时候，要在场。但这种在场感总是虚幻。前不久，告诉自己说一定要看到冬去春来的变化，看河冰如何一天天解冻成一河春水。但昨天下午到河边散步，河水清且涟猗得可以了。社会变革同样如此，多半超乎我们的把握、预料。

昨天的风大得摧枯拉朽，似乎在删掉没能度过漫漫冬日的病枝枯木。我们只知道春风应该拂面不寒，但古人的观察比我们要细致得多，实际得多。据说从春天的第一次风起，到第一百天，肯定会下雨，所谓春风化雨百日行也。春风还有很多功用，如收成、灾情、疾病等等，是以君子必观风听风。我们今人只会空洞地抒情了。

我们今天跟世界有着最为广泛的联系，可是我们失去了有机的联系。物候、节气、生物、山水……似乎不再出入自如于我们的身心之中，而需要我们在文字的意义上去认知它们。荣格在现代化之初即意识到这一问题，他说，我们今天所面对的危险是，整个现实都将被言词所取代。人们从字典或二手材料中了解世界，并自以为知道真谛。

春天真是短了，印象中十年前的此时穿长袖仍觉单薄，现在我们已经感觉不到冬天之后还有春天。古人是那样时刻关注着日月大地的运行，并为我们记录了季候转换的征兆。用顾炎武的话说，三代以上，人人皆知天文。这跟今天的我们是完全不同的生活。我们并没有应和四季的雅兴，我们告别了冬天就参与了夏日的热闹。

对巨大的精神个体来说，其人生的丰富足以校正周围、足以教训社会。他能够随时从来处从身边取用资源，就像曾经山水，他平生在各地见过的河流，一一从心上流过；在各地见过的山峦，一一在心上起伏。他能够拒绝流行，自信自足，即在于此。发现发明生活的细节是一件美好的事，也是一个人的精神能力。

第三部分 时空演化

自然界的本质之一是数学，悬象著明莫大乎日月，但在古典中国人看来，每一种象，太阳和月亮、日子和月份都在数学的把握之中，甚至每一片雪花、每一滴汗水都包含一个数字和数学结构。如是如是，生生之为大德，每一种现实、每一个体都有自己的目的。如果我们理解到这一点，自然是，民我同胞，物我与也。

入伏后天降大雨，城市成为泽国，雨水漫过了马路牙子，在齐小腿肚深水的街道上过河，行人相顾而笑。我很想批评一下什么，但是，这自然的赐予仍值得领受，尤其是，启予足，启予手，战战兢兢，如临深渊……大雨也唤醒我们心中的某种情感比如作为大自然的儿女的天性，小子，而今而后，可知免夫。

在内地乡镇盘桓，秋天的山蒙水净，行走在山路上，一时天荒地老，忘记今日何日。想到一年多来在网上发微博，尽管每天只发两条完事，仍以为自己在跟这个世界联系着，故即使啰嗦，甚至才思时有枯竭，仍把这一习惯坚持了下来。这两天不免怀疑，我这样坚持有意义吗？无论如何，愿它们能慰藉另外时空的心灵。

在雨中漫步有无穷的况味，听雨对有记忆的人来说更能兴观群怨。想起一个音乐人，他把雨点的各种声音收集起来，让人听来真是受洗。当然，雨声还提示了岁月。“少年听雨歌楼上，红烛昏罗帐。壮年听雨客舟中，江阔云低，断雁叫西风。而今听雨僧庐下，鬓已星星也。悲欢离合总无情，一任阶前点滴到天明。”

人間世

乡村生活

乡下少年的生活回忆起来又甜蜜又苦涩。三十多年前的内地乡村，几乎家家差不多，一穷二白，只有大队干部家境稍好一些，在我们眼里已经不得了了。那时家长们会鼓励我们这些孩子去干部家玩，我去玩过几次就再也不愿去了。这种情结，大概也是我后来拒绝出国的原因之一。

守岁时回忆年少时在乡下的生活。吃年饭，写春联，出天方，拜跑年……就那么几句吉利的话，我却总是记不住。似乎年年都要大人嘱咐，再跟着聪明的孩子学几遍，却仍不易开口。我们都愿意扎堆儿到人家里拜年，抓一把瓜子、蚕豆就跑（如遇到人家有花生招待，那就是美味了）。如遇上大人对我们客气地拜年，那真是快活的事……

第三部分 时空演化

过春节已经随时代发生了变化，比如现在我们多飞来飞去，这在过去是难以想象的。印象中，除夕傍晚就不能外出，尤其不能进人家家门。这种到外地外国观光的方式过节是一种身心调整。是否也可以说，我们时代的家已经名存实亡？大理的一禅僧曾批评我一朋友，自己的家都没看好，还帮别人看家，天下有如此之道吗？

少时在乡村，给我留下印象的是，父亲在春节期间供奉祖先、祭拜天地，每次他都做得极庄重，似乎一穷二白的家徒四壁真有神灵相伴，人世间真有我们无法确证但可致意的潜在力量。我们不能说话，他许可了我们才能说话；他一个人忙得团团转，其实无非是点香烛、烧纸钱、樽酒酹祭……这种仪式感的人生，跟现在的生活完全两样。

少时在乡村看大人们交流，多回忆往事甚至一年前的婚丧活动，为其中谁在场谁主持等细节争得脸红脖子粗；但一到饭桌上，大家你推我让，刚才还历史真相在握的人也一脸腼腆，竭力客气，开始论年论辈。我们至今也多是这种连切近历史都不太清楚的“历史迷”。还有，先人们贵德、贵爵、贵亲而尚齿，今天没这些讲究了。

少时的生活半径就是乡村大概三五平方公里之内，想到人生的第一个十年就在这个范围内活动，真是有无言的感慨。那童年阔大的王国，如今是可有可无的小。空间的扩大，时间意识也开始向过去未来无限绵延；反之亦然，时间感的强化，使我们也知道宇宙的亲切。但在当时，我跟村民们一样，顺帝之则，无知无识……

乡村时代的我们很少外出，只有村长偶尔会消失几天。当他在村头出现时，大人们会迎着他寒暄，“村长回来了？”村长会从鼻孔里哼出两声作答。有知情者多问一句，“村长这次开会，晓得我们的形势是什么？”村长就一脸傲然：“形势嘛大好，记住，不是小好，是大好……”三十多年过去了，我一直记得我们的“形势大好”。

乡村时代的我们爱扯白，聊闲天。我们一天到晚地坐在村头，或坐在道场里，对外面的世界有一种冲动而无力的想象。村长当然最权威，他看着一堆孩子，指着其中一个说，好好长个儿，有机会参军了，回来穿着四个盒布的衣服，脚上的皮鞋走得刮刮响，几神气，几科究啊。科究，大概是科学、讲究的意思。

乡下生活最能激动村民的情感莫过于“我们村最好”。虽然我们是小姓，在村里易受欺负；但跟其他村民一样有着强烈的爱村情怀。人们说起来邻村如何如何，总有一大堆的不是；只有我们村得天独厚，好得让四邻八乡的羡慕。后来才知道这种虚荣之虚妄，有条件的纷纷外出打工、上学、移民，即使“新农村建设”都阻挡不了村子的败落。

乡村社会少有今人的经济理性。婚丧嫁娶，需要通知远亲，安排一个人去通知，这个人就是使者，他也有着使徒的忠诚和单纯。父亲当年通知山里的亲友，经常饿着肚子，一个夜里来回走近百里。当他跟母亲说，自已饿过劲了；母亲嗔怪他说，几能干啊，你怎么不讨口饭吃了再回，怎么不歇一夜再回；父亲说，他已经讨了一口水喝了……

乡民务实，但也滋生了一种游手好闲、好吃懒做的人，偶尔做起农活儿来真是难为了他们。他们在乡间流窜，见多识广，会扯白，能把黑的说成白的，张嘴就来。他们有时唉声叹气，会绝望忧郁，但更多时眉飞色舞。他们是大家的娱乐。大人们听他们说话，哈哈大笑之后，会警告自己的孩子，别跟这个二流子玩，不要跟这个白扯子来往。

乡下人羡慕吃官饭（公家饭）、吃商品粮的城里人。下辈子投胎做城里人是我们乡下人的梦，有人甚至说城里的狗都比我们吃得好。我后来在《非常道》里提到一则故事：1977年初，华国锋、李先念看过项南的美国之行报告后，很是震惊，李先念直截了当地说："项南，照你这么说，好像美国的鸡、牛比我们中国人吃得还好？"

少时就知道我们祖国有一个"宝岛台湾"，那里被国民党蒋匪帮占据。我们听说那里的人民生活在"水深火热"之中，等着我们去"解放"他们。小学老师告诉我们，台湾人民穷得只能天天吃糖果。但当时的我们生活得寡淡，80年代初我家一天只能吃两顿饭，在我们这些小孩子想来，有糖果吃是多么好的日子啊。

少时就知道"专政"的滋味：跟着大人们去看村头的布告，看着罪犯的名字上打叉叉，真是触目惊心。后来又跟着大人们开斗争会，斗穿破鞋的男女，斗投机倒把的二道贩子……后来知道"文革"式的专政无处不在。看着那些被斗者一言不发，真是心生无限的同情。每一个人都有灵魂，都有血和泪。

三十年前，我们村开会把地分了。居然是神神秘秘地在夜里开会，大人们心事重重。靠集体靠大家种了半辈子地，现在要单干了，要自己从地里“刨食”了。他们很多人都没有把握。他们议论说，是不是真变天了？旧社会把人变成鬼，新中国把鬼变成人，现在呢？后来证明他们单干的收获不错，后来知道只有他们自己才不人不鬼……

从初一到现在，每天回忆一下乡村少年的生活。我甚至记起了村里的独户、霉气……后来知道霉气是精神病人，是特立独行者，他们活在泥土和众人的肮脏里。如果换一个角度回忆，一切就会变得温馨。但如果我没从那样的乡村走出来，我会变成什么样子呢？是清醒好，还是麻木好？如果没有暗暗地死去，我们或是看客，或是示众的材料……

早上出门，看到小店老板正劝其睡在户外的娇儿起床，四五岁的童子懒懒地坐着，抬着小手揉眼睛，撅着小嘴。他们在门口搭起一张简易床，竟这样睡了一夜。想起儿时也曾有这样的经历，美妙的夏夜和清晨，萤火虫，蚊子，满天的繁星……我们是久已不看星空的人群了，已不知道天上地下仍有无数的故事，无数的诞生。

十/时空

时空

人生社会空间感的扩大会带来时间意识的绵延，反之亦然，我说过孔子在此方面的限制。少时不出村子十里，只知鸡毛蒜皮的传说；游学四方，始知盘古开天辟地，上帝创造世界，宇宙大爆炸……传说确系传说。无能无意完善人生即扩大时空精神者，终不过坐井观天、夜郎自大之徒。

如果没有恺撒们的南征北战，就没有罗马人后来对时间、洪荒开辟的“拿来主义”，催生并接受了基督教世界观。我曾开玩笑说，孔子的空间感没有耶稣的空间感广阔，故时间意识不如耶稣的时间意识更为绵延。孔子的起点止于尧舜、黄帝，不语伏羲等人，耶稣的起点不仅久远，且其分别不在文野，而在政道。

时间空间意识是每一代人都要做出解答的问题，但我们不少人昧于此类问题，或说自以为是而多有出位之思，出格失格之言行。有老板劝其作家朋友，这是一个唯物拜物的时代，还是享受要紧罢。作家回答，这不是我的时代。有诗人劝其老板朋友，世界要变了，还是及时行善罢。老板回答，为什么不及时行乐？

你是站在哪一方的？此时的方，代表了利益。在一个狭小的低维时空里，空间方位代表了实实在在的利益多少。从性价比上看，奴才所处的方位实惠得多；奴才当然要起劲地为自己、位置和主子辩护……在这样的状态生活，当然只有求做奴才不得和做稳了奴才位置两个时代。但相当多的人，都以为自己超越了奴才。

汉东诸国随为大。有人考证随州是上古中华文化的中心之一，我看过很是受益。对一个古老地方的解读总让人惊叹先人的视野和胸怀，我自己猜想家乡的名字由来：南是云梦泽，北靠厉山、烈山，山具雷象，泽雷相叠则是随卦。我们也确实多呈老实的随性。如果这一猜想是对的，那么古人的时空观及命名力量真是匪夷所思。

昨天在《看历史》和“新知沙龙”等举办的历史嘉年华上做了“传统中的时间”的报告，有些朋友说没有听懂。黑格尔说我们中国人是没有“时间”的国度，孔子“礼失求诸野”中时间意识是不够的。时间或时间意识模糊，可以到空间的边缘地带找回；一如我们的空间感我们的位格模糊了，可以到时间即历史长河中找回。

第三部分 时空演化

跟空间跟土地一样，时间也有肥沃贫瘠之不同，一世如此，一年如此，一日也如此。我们说生不逢时，因为它赋予生者的自然属性和社会属性不同，即不同时间出生者的起点不同。生于天下雷动时的人有活力，生于乱世的人如孤臣孽子。孔子说，不知命，无以为君子。君子在知命，功行圆满，以调校时差。

关于微言大义，尤其是传统经典中的义理，没那么高深；除了考据一类的学问，文明的起点都是极为简易的。大道至简。时间中的大象，跟空间的大象一样，最为简明。悬象著明莫大乎日月。执大象，天下往。把时间中的悬象如老子孔子耶稣佛陀们说得神乎其神，或秘而难宣，那是天真的无明或别有用心了。

有人说我对时间议论得太多，忽视了空间。其实我们对时空的思考都远远不够。进一步，在思考和测算之间要往返互动。空间不仅是地理概念，也是类聚概念。东方西方，并非只是太阳升落的方位，而有着德性理性的分别。一如南方轻灵，北方厚重之不同。古典中国人看得高远，他们说，方以类聚，物以群分。

国人注重空间，中庸之人在方位问题上很少中庸。人们对方位的要求极严，背北面南，向明而治。平时坐在什么地方，极有讲究；因此有一人向隅。在什么地方，就被其特征规定。类聚的空间特性经国人解释，就有了是非善恶吉凶之不同，想想孔子们对周边蛮夷民族的悲悯和优越感吧：好的方位代表正确、吉利、尊严、富贵、文明。风水应运而生。

过于注重空间或方位特性的人，不仅格局有问题，而且用心也值得观察。有人向隅，举座不欢。今天这样的向隅者也导致了政治经济和社会发展中的灾难。我们有人说，西方有什么，东方才最了不起。但文明的趋势，一如古典中国人的教诲，大方无隅。

引入不同时空的人物进行对比虽有不类之嫌，但仍是一个有趣的角度。我当然不是斯宾诺莎。我倒是更希望有莱布尼茨等人的好运，后者从易经那里得到的启发远比易经的中国传人要多得多。莱布尼茨非常中肯地表述过一个观点，“先天的和谐”，据说就来自易经。

固守空间和方位的人缺少真正的空间意识，这些圈子混混儿在地球村时代的心智之反动连“返祖”都谈不上，我们一般称这类人“方脑壳”。有一个朋友说，那么大方做什么，美国人都很自私。另一朋友反驳，美国人自私，你就做方脑壳吗？你做好你的，跟人家自私大家都自私有什么关系？

空间感的扩大带来时间意识的绵延，但混圈子却能使我们对特定时间神道化、教义化。全球化的视野使我们的人文历史追溯到洪荒上古，但在我们很多人的头脑里，开天辟地的人物止于或起始于某个领袖；在另一些人眼里，则止于或始于孔子……一种只有百年历史，一种只有二千五百年左右的历史，五千年的文明被腰斩，这是圈子使然。

一个有历史的地域空间有着文明演进的秘密。我曾说对家乡随州的猜想源于易经，这一论点得到了乡贤蒋天径先生的支持。蒋先生对随州、随字的考证让人叹服，他还解决了我长久的困惑：随州文化在南北文化交汇地带的特殊性。而随字跟惰字属于同一“精神家族”，怪不得随州人爱说“懒鬼上身”。

空间地域上升到人文层面，大大丰富了我们。唐末的好学之士络绎不绝地往返于江西、湖南途中，人们说的“走江湖”由此而来。更早，处于秦、楚等大国兼并中的小国如随国等人学舌于秦楚的话语，话说得不秦不楚，到最后秦统一，清除楚人影响，“清楚”具有了纯洁、明白等含义。今天，哈美、哈日等词也如此。

空间属性演成人文概念，最经典的莫过于东西。当然，南北没能如此是一遗憾，但资本主义的南方模式多失败，南方几乎是当代政治学中失败的象征。高高在上的高也是一例子。高枕无忧不是枕头高，而是位置高。上古人生存以高地为安全，睡觉就成了“睡高高”， 随州人爱说，睡了一高瞌睡，睡了几高瞌睡。

空间的偏好既成全了我们，又限制了我们。在东方生长的人天然偏重感性，理性也偏于世俗理性，幸福偏于“猪栏幸福”，逻辑也多从于“地方逻辑”……观察这一现象有助于我们超越狭隘的空间意识或圈子意识，而跃入真正的自由之境。文明的演进在于突破空间或圈子的必然性，而推动人的完善和圆满。

对人生社会的把握，既无从听于直觉，又无能找到理性工具。作为旁观者，我们观看不了，不是好的观众；作为参与者，我们表达不了。就这么混着过日子，没有了自己的时间空间。

进化

时间意识的演进也极为可观。上古先人测算出一个太阳年的天数是一件大事，到春秋时代，夏天冬天的意识大概才完备起来。但时间仍经常丢失、错失，元代后，我们甚至要请洋人来做钦天监。乡村人在三十年前多只知自从盘古开天地一类的时间。今天，一个心理上处于严冬的人得面对热闹繁多的天文和人文时间……

生命的降生，一如任何系统的发动，当时的时空偏好或能量状态如同宿命一样写定的源代码。诗人说，在我的开始写着我的结束。破译生命自身的偏好只是初步的工作，追求人生的完善和圆满才是重要的。如果不能把握并超越自我，我们的人生不过是早已编程的一串数字，或说是命运之手借以书写的文本。

第三部分 时空演化

我们的情感意识之诞生、深化和丰富都有时空中的轨迹可寻。边缘地带和历史源头的人，其情思简单真挚纯朴，在发展中才“浇漓”、“奸狡”起来。以善恶论，春秋以前的人是没有善恶意识的。当战争杀戮空前惨烈，老子说，天下皆知善之为善，斯不善已；社会变动剧烈，孟子荀子辨性善性恶，善恶终于深入人心。

以五千年的文明史论，我华人的归宿感、边界意识等等大概只有二千五百年的历史。亲情、乡愁、家国意识是由孔子、屈原、陶渊明奠基，并由南北朝、南宋等农耕文明的安土重迁夯实，以至于宋人可以“舍人”以立家立国立理。因近代以来的屈辱，这些情感更为扭曲。如亲不亲，阶级分。我们很难理解，什么是个人本位。

将上古人的生活巫术化污名化，大概是秦汉以来官学合流的结果。卜字本是计算时间，筮字是翻译空间，在后人心中，变成了装神弄鬼的游戏。孔子们明明说过，神道设教。君子以为文，百姓以为神。去看看古希腊第一哲人泰勒斯观天象预测橄榄丰收的故事，就知道计算时间在无知者那里是多么的神。

在汉语世界里，地域上升到文明层面的词语，最有意义者莫过于“汉”字。一条河流哺育了上古中国文明，这条真正的母亲河命名了天、地、人最早的观念结构，霄汉、银汉、天汉、汉水（汗水）、汉子……即使后来被黄河长江等空间遮蔽，它仍在秦之后做了中国人和民族的称谓。这一史实足可令诗人才士驻足顶礼。

我们的味蕾之正觉在很大程度上源于匮乏时代的简单和至味。乡村社会，一碗汤面、一根油条泡糖水都可以是招待客人的主菜。平时的粗食杂粮，与节庆时的荤腥似乎相得益彰。我们今天多已品尝五味百感，但少时滋味在舌尖上漫漶开来，在已近乎麻木的味蕾上绽放乡愁，提示我们的来处和去处：我们的身心仍需要故乡。

寻找意义是很多人养成的习惯。看一个人翻来覆去地寻绎意义、过度解释，可知他做学生时如何被老师强迫提炼中心思想。我们在这里，这就是意义。我们过节随喜、祝福，口吐莲花，这不需要提炼，不需要参悟，顿时微笑即可。乾旋坤转，震声丽日，笑言哑哑，一元初透。新年好，新的悲伤好，新的正在展开的你我好……

时间之于命运。不懂得全息理论、分形理论，很难理解任何系统的轨迹即命运跟其结构有关，跟其起始之际的类聚偏好相关。中西文明都讲正本清源，回到源头上去，即是试图把握这一命运。对个人来说，我们少年孩童的成长极为关键，更少有人知的，我们出生时的时间偏好极为重要，它们都或潜或隐地左右了我们。

黑格尔说我们中国是没有时间的国度。安土重迁的蜗居人生，使得山寨里德高望重的老人也只能回忆父亲祖父们的琐事，三代以上则茫然无知；户口管制下的子民，在朝三暮四的游戏里往而不返，失忆无忆的情况同样惊人。儒生不解时间，故只以孔子为始终，感叹夫子伟大般的时髦，“生民未有”。

生命自我意识的绵延会带来空间感的完善，所谓人生江山万里之形胜，这样广大的收获会让我们产生真正的同情和爱。定时定位并完善生命的时空之美因此重大。比尔·盖茨就曾要求哈佛学生为改变世界的不平等而努力："善待那些远隔千山万水、与你们毫不涉及的人们，你们与他们唯一的共同点就是同为人类。"

我们的生活需要沉淀。但都市和技术的演进使我们完全不同于前人，我们跟薯条和电脑、无处不在的移动通信设备、各种网络相联系，我们每天忙于处理各类信息……我们对前人或古人的生存已经陌生：缓慢的时间、安静、可预见性、归属感、人格感、一贯性、自然生长、生存体验、意识到死是人生的一部分……

天象人事示警，这是传统中国文明最善应对的；在资本和科学拓边殖民时代，恩格斯也提醒过：我们不要过分陶醉于人类对自然界的胜利，对于每一次这样的胜利，自然界都报复了我们。对当代人来说，最需要的不仅是学会敬畏，而且要让敬畏成为我们的生活方式。如此我们才能庶几无愧，如此我们生存的自我完善才能联系无限的道理和性情。

我们中国的观念是否能在现代社会发生作用，答案当然是肯定的。有朋友议论当代的公益慈善事业方兴未艾，但其观念、方法多是从外人那里拷贝；有人就说，差序格局一词在此就极可能发挥正面作用。那就是，公益慈善的对象应从周围出发，只有如此，公益行动才能催生出生产力，而非跟救济或慈善合流。

无论我们对周围、对大众有什么不满，甚至对自己有什么不满，他们或我们仍是历史变革当仁不让的担当者。只有在历史时刻的一跃中，我们有缺陷的生命才趋近圆满，人性才会表达其应有的风范。日常生活只是动员只是调养而已，日常生活只是日子而已。

有人说他生逢盛时，朋友讽刺他说，你凭什么就获得了时间的占有感，像你这样寄生在都市、网络中的人都是丢失时间的人。时间丢了，要到空间的边缘地带去找。你去过边远山区，你去过欧洲美洲，你把它们置于何地呢？

第三部分
时空演化

传统

老话说，麻绳打草鞋，一代管一代。这可以说是农耕社会朴素的代际意识，甚至可以说其中也有责任。人们不必操心下一代人如何生活、会不会生活，把自己过好，不做上一代人或下一代人的麻烦、包袱，俯仰无愧，就相当好了。当然，如果要总结传统中国的家风家教，可能仍莫过于耕读传家，这里有真正的传承。

传统并非仅是那些众所周知的东西。在时间的演进里，一个民族一度遗忘了的，或那些至今为之缄默的，将会给自家带来荣誉，也给他人带来启迪。那些一度迷失其中的信念习俗，那些曾以为天经地义只能如此的东西，因时空意识的拓展被扬弃了。那些为权力、时代等遮蔽的人物和思想，也会进入我们的视野，成为我们的营养。

真实的传统文化是人类族群成长中的经验教训，在最积极的意义上，它一如个体童年所明认的存在德性。传统试错，安顿并总结了人，但后来者多未能实行而陷入轮回之中。我们多未能始于前人的终点，而是重复，有些人甚至丧失了德性。慎终追远的意义之一在于回向传统，在于以传统参赞、审断、校正当下生活。

关于中国文化最大的假设是一个宋朝的儒生提出来的，他说，天不生仲尼，万古如长夜。但我们永远证明不了这个假设的真实性有多大，大概可以肯定的是，没有孔子，古代中国人要在黑暗中摸索更长的时间。这是一种英雄圣贤史观。但对真正自由的心灵来说，他或者更愿意活在孔子之前，他不需要活在孔子的阴影里。

关于对比。我说过，任何有伟大信仰的文明其生成期大同小异，或说异质同构。易经尚书礼记等是圣经意义上的创世纪、利未记，诗经是我们中国的诗篇或雅歌，道儒墨法或说老孔墨孟庄韩屈等只是圣经意义上的福音书，庄子的天下或易经系辞传等等是我们中国的启示录……真正的文化保守主义者该有此类胸襟。

问题不在于用现代文明成就去论证传统的伟大，而在于传统能否参赞现代文明；问题不在于读经是否是我们日常生活的重要内容，而在于我们能否在经典的基础上实现我们自身和当代的创造……古代中国跟古代埃及、古代希腊和古代印度一样成为历史。我们即使欲抱琵琶半遮面，也仍是现代文明的享用者和传承者。

今天的很多争论，比如关于中医西医一类的讨论，多停留在观念或信仰层面，这跟三十多年前的“真理标准”讨论当然不可同日而语。在思维的收获上，前者还真的难以企及后者，后者具有“历史的推动力”。孩子学子阶段就该解决的观念、信仰问题，一再延误。人生社会的自由及无限的丰富性因此成为传说。

白居易问佛法大意，鸟巢禅师说，诸恶莫作，众善奉行，自净其意。白不以为然，这道理三岁小孩都晓得。禅师回答，三岁孩儿虽道得，八十老翁行不得。一切以传统为教要求他人者该扪心自问，自己是否具有传统文化最可宝贵的德性？一切以为传统有命运指示者该自省，自己是否修行了传统提供的方法？

节日

“尽管当代中国人已经视一切文明的传统为自己生活的组成部分，如同经典的意义早已不仅有子曰诗云，也有着圣经佛法、希腊哲思，节日早已不仅有清明中秋，也有着圣诞情人。道术已为天下裂，节日早为人群分；但所有关于时间年节的态度里，没有比春节更能表达人生的相关性、文明意识和生命的通感。”

六七年前，我在《春节：我们民族的朝圣》中说：“在原创性生活方式的现代转化中，没有比春节更能让中国人骄傲的了。我们中国人作为个体或合群生活，在没有突破或对突破的反思里，只是已写好的历史剧本，在文明的眼里已经或正在展开，并非新鲜的创造。……只有春节，近一个月的时间把握方式，是我们有别于他人的。”

我们说过，节日不是轻浮的狂欢，节日不在于欲望享受，而在于归宿认同。节日是共同体的经验，是一切人的。节日的经验就是不允许人与他人分隔开来。我国人族人歌哭于斯，聚精会神于斯。如同节日一样，真正的哲学、思想不在于增进多少积极的知识，而在于感通、提撕心灵的境界。妙处难与君说，大可悠然神会。

有朋友远游云南过春节，说这么多年，终于化解了所谓的“乡愁”以及所谓的归宿，心在哪里，家乡和归宿就在哪里。另一朋友说，可惜太多的人安顿不了这一颗心，只好把心寄放在别处，伴侣、想象中的事物、语言……节日，甚至各类热闹。或问，谁能安心，佛祖？达摩？耶稣？饮食男女？答案是，只有自己。

这几天多次想起鲁迅。在节日沉醉世界苍茫的时候，鲁迅真算得是无地彷徨了。这样的怀想竟恍然间明悟他在我们这样的年龄写出《野草》的深层原因，甚至要写出《好的故事》：这故事很美丽，优雅，有趣。许多美的人和美的事，错综起来像一天云锦，而且万颗奔星似的飞动着，同时又展开去，以至于无穷……

对我中国人来说，每一年都有一年的天文人文主题，是故观乎天文以察时变，观乎人文以化成天下。我们个人亦如此。在革命者的人生中，最重要的仍是提供自身和正当有效的产品，度己度人。作为文明史上的当代人，更需要争权、创造、启智；否则我们活在当下，却非活在文明里，我们是不及格的。

人文节日远非人的自由意志或偶然规定，而是跟天文节律合拍的产物。太阳回来了的日子，是普天同庆的日子，人们此时出门回家都悠着点，此时收取红包都不会有人说闲话，古典中国人观此象而系辞为“出入无疾，朋来无咎”。只是今天依然“朋来无咎”，却失了“出入无疾”之义，大家惶疾，人在囧途，谁之咎？

定时是调节自身生命活动使之按照一定的时序起居休止的过程。植物定时开花，它要把花开的日子跟环境温暖的日子同步，要跟蜜蜂的采蜜同步。只有定时了，生物体才能顺利地展开它自己。一切生物都有定时能力，准确的定时能力是生物世界得以进化到目前规模和成就的一个必要条件。人类的节日即是一种定时现象。

传统文明的休假制度和现代星期制度中对个人身心的关照是符合某种生命节律的。人们的生活节奏得有五六天有规律的安排，然后有一两天的休止、赶集、走亲访友。我们当代都市人的生活，尤其是成功人士们颠倒过来了，几乎天天在聚会。像重庆火锅，总是泡沫咕嘟着，更有甚者，“天天像过年，夜夜做新郎”。

如果要在节日的言行里寻找证据、寻找理性、寻找意义，那多半会为人笑。节日是人在多维时空里的游戏。节日里有一种思维方式是对逻辑理性的超越，在语言里的表现之一即是“同音者同义”，什么“莲莲有鱼”、“鸡庆有鱼”、“金鱼满塘”……有人说，一些人的贪婪也在于把日子都当成节日来过了。

节日打油：万古不磨意，中天真著明，悬象数圆时，天涯共此情。人们都有从群体里撕裂的经验，但节日不允许哪怕最孤僻者的隔绝，它有着完善的形式，而非商业气息或阶层的分别。节日非止于血缘之善，它是人类的经验。节日不仅把我们从日常超拔出来，而且证实了我们的情谊、归属，“提升了我们对生活的感觉”。

节日有待新辞加持。对国人来说，似乎多当行本色，在所不辞。守岁时在手机上敲出这样的话：“家国天下以身度，除旧布新震苏苏，人间大美勉成时，苦寒梅香已著书。”后来又横刀夺爱，把朋友的短信添加一二：纵浪大化中，不喜亦不忧。胸中常蓄水，心底宜种竹。不尽有为慈，不住无为柔。太极复无极，身心即宇宙。

唐人街入口处的“天下为公”的大字，给我留下了印象。那里面有热闹，外人却不可理喻，只有那几个大字还在诉说着一个古老的文明和它的谜。我后来在《年关》中说，没有了信仰，没有了是非，没有了创造，只有庸福，只有喧天的锣鼓和爆竹，耀眼的烟花，以及众人在地上（而非鲁迅时代的众神在天上）醉醺醺地祈福并相互祝福。

人文时间

时间不仅是天文概念，也是人文概念。时间不是均质的，而有着能量形态的千差万别，即时间具有消息、生长收藏等不同偏好，古典中国人观察到它跟空间的类聚同构，这就是时空的四象。在东方生长的，为西方收割。托福、绿卡等一度被称为人才收割机。因为我们只顾着生，而一度被称为没有时间（质量）的国度。

潘雨廷先生说："我们两个在此说话，全世界均共此一时间，但我们俩亦有自己的时间。此时间是一是异，此动量与坐标不可能测准。"这是一个很伟大的洞见。我们每个人都有自己的生理和心理时间，共用自然时间和社会时间。真正的演进、科学或智慧即在获得踏入不同生命流水的能力。他人有心，予忖度之。

定时的机理极有意思。我们自身都有拟日周期、拟月周期的生物钟，更有拟人文社会周期的趋时势利。人文社会周期到了末法时代，到了人欲横流、无人负责的时代，人文时间乱了……政治家和英雄豪杰能引导大家调时定时，开拓新时代，人们就会说，时间开始了，春天来了。这是贞下起元，一元复始，万象更新……

文明个体经历了从依赖天文时间到依赖人文时间的演变。社会每过一定的阶段，都会重新调时定时、重新唤醒人们的时间意识，催生新人。国号年号的改变，如大元、中华民国、贞观、万历、阶级斗争、改革开放等等，都是人文社会时间中的改元。个体的生不逢时之叹即在于人生跟人文时间难解难分了。

人文时间的改元要在顺天应人，即我们常说的民心民意。如果只是小圈子内的调时定时，那不过是冬天里局部的“小阳春”，会出现更严寒的局面。二三素心人的读经运动、自我表扬的代表建设、内部整风，等等，多如此收场。多为自了汉而非一个时代一种人文社会的经验集成。天视自我民视，天听自我民听。

我们个人也有各自的人文时间，人生因此也有改元现象。不少人到中年，才觉得真正读懂了人生，于是有“第二春”。有人甚至到晚年，才大彻大悟，于是有“两头真”。为什么他不能像你一样愤怒？因为他的生命时间跟你的不在同一阶段。为什么有人那么贪婪不能理解你的忧患？因为他的生命时间跟你的不在同一轨道。

人生的成就之一在于发现自己的时间，只有此后，时间才是有意义的。百年时间其实是生命能量的释放方式，它的释放规律、方向、可控性，等等，都跟个人的努力相关。有人自觉，故勇于赴死，或颐享天年。有人本能、粗放，故夭折，或横死街头。那些飙车的孩子死了，因为他们的时间或时间意识不曾诞生过。

有作家对朋友说，在北京这样的地方，要凑热闹多容易啊。他现在经常两三天时间里不用出门，也接不到几个电话，有时候一整天的时间包围着自己，让自己感觉得充实自在。读读书，画几笔画，看着光阴一寸寸地走过，在无言的静谧中相看两不厌。作家说，只有如此生活过，个人才算真正拥有了时间。

时间有方向性、可计算性。我们都有把握，一个社会的落后地区跟它的首善之区比，相差十年或十八年（“我要经过十八年才能和你坐在一起喝咖啡”），但很少有人计算，首善之区的子民，其人生社会关怀跟文明世界的距离。二者的人文时间并不同步，看了经典名著跟喝了可乐咖啡一样，也许只是一种后发劣势。

很多人的时间丢失了，甚至终其一生都没有诞生自己的时间。他们多本能，或顺从外界，他们尚未能在调时定时方面实现自己的规范自由。寻找自己的时间，甚至给时代社会定时，其重要的依据在于远离时势的中心漩涡，到空间的边缘地带，时失而求诸野。一如到城乡结合部可知我们的“摩登”时代多么脆弱。

第三部分 时空演化

无论个人还是社会的历史，时间都是其最好的伴侣。人们可能恨它，对它无可奈何，但最好的莫过于跟它莫逆，相信它。时势权力或权利再大，大不过时间的热血冷眼。有人考证说，佛教在华一度通俗化，当年的经变俗讲，就无比神圣。万人空巷，如听梵音。最终还是佛陀的归佛陀，寺庙的归寺庙，说唱的归说唱。

人文时间有自己的宿命。有时候，一种人文时间还未来得及结出果实，它就被突然中止，进入到另一种轨道中去。因此很多与时浮沉的人一下子找不到方向，作家也失重，任性，拜物。这也是当代文学在现代本位和个人本位上成绩不大的原因。

西方社会的扒粪运动、民权运动，也是一种改元。没有这样对人文时间的发现、唤醒，人们生活就像在冬天，宅家食色而已。“每人自扫门前雪，休管他人瓦上霜。”这种自私既是衰败的表现，又是贞定的表现。

十一\易道

易道

从伏羲、文王，到老子、孔子，到子夏、王弼、孔颖达、司马光、苏轼、程颐、朱熹、王夫之、熊十力……我中国文化的才子圣贤们几乎没有不演易注易的。作易者，其有忧患乎？说周易是“空套子”的冯友兰先生临终遗言：“中国哲学将来一定会大放异彩，要注意《周易》哲学。”孔子说，假我数年，若是我于易则彬彬矣。

朋友说在贝加尔湖畔度过了半个月的禁语期，这让人神往。我也有过整日不说话的孤独，只是仍不能想象十天半个月的无语经验。言语道断。道可，道非，常道；这样的表述不仅丰富了“道可道，非常道”，而且跟易简、易变、不易同义。我们今人已经难以把握易道思维了。

第三部分 时空演化

易经的重要，使得中国文化的每一代传人们，在一生治学中都得交一份答卷，自己如何注易。遗憾的是，人们几乎都是瞎子摸象。这真是民族智力资源的极大浪费。习气所至，使我们知识人像玩儿童游戏一样，不断地在读经解经上做花样。这样的文化，难怪会出现大量的未成年人，皓首穷经的“八十老童生”。

即使后来陈抟重新给出先天卦序，但从北宋五子以降，到朱熹、王阳明、王夫之，都没有注意到易经之于客观世界的联系。这个文化大国合群而大，自造伦理生活，已经难以用健全、正常的心态看待世界了。一如五四诸子引进科学、民主，百年来的国民反而一再反智、蒙昧。道统未能高尚政统，遑论独立其事。

每一种文明都有其最高范畴。比如人们常说的印度之与梵，西方之与逻各斯、上帝，我们中国之与易、道和阴阳太极，现代文明之与约，等等。上帝是需要我们去称颂荣耀的，逻各斯需要对话，约则需要我们去赴去践行，道需要我们弘扬……太极演进到今天，则是需要我们去练习的。学而时习之，不亦乐乎？

不明易道，人们多始于唯我独尊，终于抱残守缺乃至灰飞烟灭。始皇帝即如此。战国时代的思想家们注易时感叹：天地革而四时成……革之时大矣哉。

社会上下不通就会出现危难。“叫天天不应，叫地地不灵”的社会在大易之道中是一否卦，天地不交，上下隔绝。

我们多有“毕其功于一役”的幻想，很多人因此在进化的阶梯上止步不前，事实上人生绝非如此简单。一生的努力庶几完成了某种生活。要使人乃至天地所具有的我都拥有，如此才是宏大的业绩；要像树木生长一样每天都有新生，如此才是盛久不衰的大德；变动不居，如此才是宇宙的逻辑。“富有之谓大业，日新之谓盛德，生生之谓易。”

汉语里的“拨乱反正”一词出自两千多年前的《公羊传》：“拨乱世，反诸正，莫近诸《春秋》。”乱世而行春秋事，孔子如此，王阳明如此，每况愈下，于是孙文黄兴如此，武昌义军如此，安徽小岗村民如此。这是人道，我一直以为它参考天道而来。天道是“剥烂复正”，即自然演进，伊于胡底。

宿命论当然是片面的。探索命运的秘密是人的天性之一，成全人的完善也是宇宙演化的目的之一。我们以为一切自主，其实另有主宰；我们以为一切皆命，其实命可由心生。物理学家玻尔说，在追寻生命的和谐时，我们不可忘记在存在的戏剧中，我们自己既是观众，又是演员。类似的表达众多，一如庄子较早追问的，今者吾丧我。

关于上古中国的“拼图”正趋于完整。伏羲氏发现了八卦，将先天八卦演成先天六十四卦，进而演成《连山易》者，大概是炎帝神农氏。这些部落时代的天才们，在千百年的观察、测算中，积累起天文气象知识。有人说，炎帝神农部落作易是在随州完成的，随州是《连山易》的诞生地。但这些“拼图”仍只是猜想。

行星上的生物在开始思考自身存在的道理时，他才算成熟。借用伟大的道金斯的句式，如果星际空间的高级生物光临地球，评估东西方的文明水平，他们对东方人可能提出的第一个问题是，“他们发现了命运的规律没有？”如果他们知道我们只是拜物教、官本位和拜金主义者，不知道他们对自己提那样高深的问题作何感想。

遇到一个研究红军战史的专家，我问红军队伍里的神异之事。专家说，他是不懂的，不过早先打仗有的幼稚得很，是一些没文化的泥腿子拿着罗盘打仗，请几个阴阳先生算卦，哪天该打仗，打输了往哪里跑，都交给老天爷。

有人问富家子何以多不成器。可以用中国思维中的五行维度来解释。器者，原材料为木，子者，本为木行，木要生发，以成参天大树，才能成器；但祖辈、父辈给予的金多、水多，使用不当，是谓金旺克木，水旺木虚，故不仅不能成器，甚至多有夭折的危险。

卦象

观卦有人生大境界。“昨夜西风凋碧树。独上高楼，望尽天涯路。”“衣带渐宽终不悔，为伊消得人憔悴。”“众里寻他千百度，蓦然回首，那人却在灯火阑珊处。”这是王国维的“三观”。他旁观中国，他自号“观堂”，但“五十之年，只欠一死。经此世变，义无再辱”，观得沉痛。他的著作即名《观堂集林》。

黄秀丽的《荣格传》可圈可点。其中谈及荣格对中国易经的了解，有一年轻人的占卜：“这个女孩太强势，不能与她结婚。”这应该是姤卦卦辞：“女壮，勿用取女。”荣格对易经熟悉并获得了灵感。这个西方一流的大师曾遇到中国一流的大师胡适，胡适说，易经是中国古代的巫术汇编，不值得注意。荣格感慨，胡适没对易经做过实验。

蒋的人生跟艮卦和谦卦的时空偏好相关。艮卦意志坚定，蒋作为二战反法西斯的东方大国领袖当之无愧；艮卦善反省，可解释他几十年如一日地记日记、反省自我。艮卦人中“君子思不出其位”，可解释他作为一个有人格期许的君子，不会做出格之事。批评者讽刺他“民主无量、独裁无胆”，似不知知人论世。

谦卦时空的偏好有“谦卑”、“利涉大川”，蒋一生东求西寻，或学或盟，卑以自牧，而自性不失。谦卦“勤俭”，蒋勤于事业，生活简单，不抽烟，不喝酒，不饮茶，只喝白开水。谦卦偏好还有“韬晦”，蒋多次主动下野，而能担一时一国之重。谦卦有成圣成大贤之象，“君子有终”，蒋的晚年可谓善终。

阿伦特女士的人生跟渐卦偏好相关。她应该是急性子人。但是她能从人生事业的低谷中走出，而“居贤德善俗”，成为一个时代社会的良知，很是了不起。她的“平庸之恶”理论深得渐卦之义。积善之家，必有余庆；积不善之家，必有余殃。臣弑其君，子弑其父，非一朝一夕之故，其所由来者渐。

孙的人生跟萃卦和归妹卦有关。在清末浑浑噩噩的氛围里，在先进的先觉的革命党立宪党人中，孙都堪称出类拔萃，是以武昌首义跟他无关，大家仍请出前不久在餐馆洗盘子的他就任大总统。萃卦有“聚众”之象，孙的人格魅力使大家听着听着“就跟着他走了”。当然，孙也萃取，他曾说：“我亦读书破万卷也。”

归妹卦偏好峻急。严复劝孙，“为今之计，惟急从教育着手，庶几逐渐更新也。”孙文回答说，“俟河之清，人寿几何？君为思想家，鄙人乃执行家也。”孙文为论者诟病的一些言行如急于发动二次革命、“毕其功于一役”等等，既是认识问题，也是性格问题。归妹卦人可娶名花，孙文一生英雄美人，也算佳话。

离卦有精神之象，有重明之象。代表某种精神的本·拉登也曾有重明。“9.11”的明火执仗可算一次，他死时的战火可算一次。离卦有贞定之义，拉登的折腾可谓大凶。有意思的是，美国人突如其来地攻击，拉登住处燃起战火，他被打死，随后被扔葬于大海，正应了离卦第四爻：“突如其来如，焚如，死如，弃如。”

许良英先生的人生跟履卦偏好相关。“履虎尾，不咥人，亨。”他踩踏的老虎是凶狠的，“眇能视，跛能履，履虎尾咥人，凶。”因此他人生最后的一二十年都不得履踏他处，没有行动自由，但“履道坦坦，幽人贞吉”，尤其履卦最后一爻，“视履考祥，其旋元吉”，当指他和夫人考察古希腊以来的民主历史和理论。

令人惊异的是霍金，他的人身存在方式即是“屯”字，他的人生偏好示现的是屯卦的偏好。“乘马班如，泣血涟如”，当他从楼梯上摔下来后，居然在轮椅上困顿了四十多年。屯者，难也。但屯也是元亨利贞的，他“勿用有攸往”，却能“利建侯”，成为继爱因斯坦之后著名的科学思想家和杰出的理论物理学家。

屯卦跟积累、创造相关，有危机感。张瑞敏先生的人生正是屯卦偏好，他的海尔是当代的常青树，他是少有的具有企业家精神的人，他的危机感众所周知。“勿用有攸往”、“利建侯”。他不出山东青岛一隅，以企业家身份名贵海内外，自十四大始即是代表，且是十七、十八大的候补。人生可谓利而“建侯”。

颐卦是养生的，能自养养人，“自求口实”。塞林格是颐卦人，他靠一部小说隐居一生，“君子慎言语，节饮食”，他做到了。“我要用我挣的钱在某个地方为自己建造一间小屋，并将在那里度过余生。我要把它建在林边，而不是森林深处，因为我想让它永远阳光灿烂。我只吃自制的食品。”

睽卦有沉思、睽违、综合来看之意，有矛盾之象，“君子以同而异”。康德的人生即是睽卦偏好的结果。他有名的“二律背反”正合睽卦卦义，甚至他关于内心的道德律和头上的星空的名言也是睽象。他可能没有想到，他关于先天综合判断的判断其实深植于他的生命底色。当然，他喊出来了，人就是目的。

以易理看人，更多同情和趣味。民国首任总理唐绍仪的命卦是颐卦，他的人格气象虽然为我们钦佩，但他个人被国民政府暗杀、死于非命，无论如何是一个悲剧。颐卦告诫人要“慎言语，节饮食”，并且说“舍尔灵龟，观我朵颐，凶”，日人侵华初期竭力拉拢各方力量，唐先生的行止有观望之嫌，故凶，这是他的不幸。

随卦是少有的元亨利贞之卦，有追随、相随之象，有流行、喜悦之象。邓丽君的人生跟随卦偏好相关。台湾当局给她的褒扬令很是八股："砥砺奋发，育成大家范型，柔美婉约，深得风人意旨。""乃复义不帝秦，行止弗入中土，……大节凛然，辉耀千古，先圣有言，志道、据德、依仁、游艺，斯人有之。叹以英年遽逝，悼惜良深，应予明令褒扬，以资矜式。"

吴敬琏先生的人生与噬嗑卦的偏好相关。噬嗑卦有吃喝、交易、市场之象，"日中为市，致天下之民，聚天下之货，交易而退，各得其所，盖取诸噬嗑。"吴先生得"吴市场"之誉，既是命中之事，也是他个人的努力。当然，噬嗑卦人"利用狱"，有纠纷之象，一叹。

孔子多次说"知命"，他五十岁即知天命，"不知命无以为君子"，他晚年"从心所欲"……这才是对命运真正健康的态度。从必然王国走向自由王国，这是乐天知命，人与天地通的境界。也如贝多芬说，"我要扼住命运的咽喉，绝不让它征服我。"观察暂时做稳了奴隶位置或求做奴隶而不得的人，倒都是屈从于命运了。

孔子的人生跟咸卦的偏好相关。咸卦敏感，孔子集三代大成，能为百世师，可谓感通万古长夜。咸卦有少男少女之象，怪不得会发生子见南子的风波。咸卦有快乐之象，我们印象中的孔子知其不可为而为，他的人生是快乐的。咸卦人"君子以虚受人"，孔子是真正虚怀若谷者，"子人太庙，每事问"。

鲁迅是遁卦。他一生都在弃绝，“有我所不乐意的在天堂里，我不愿意去。有我所不乐意的在地狱里，我不愿意去。有我所不乐意的在你们将来的黄金世界里，我不愿意去。”他一生都在逃遁，“灵台无计逃神矢，风雨如磐暗故园。 寄意寒星荃不察，我以我血荐轩辕。”“横眉冷对千夫指，俯首甘为孺子牛。躲进小楼成一统，管他冬夏与春秋。”

胡适的人生成就跟坤卦偏好相关。在鲁迅以为悲凉或风刀霜剑的时代，胡适却活得平实，甚至有滋有味。“直方大，不习无不利。”坤卦有文明文化之象，胡适一生即示范了文明。“龙战于野，其血玄黄。”胡适一生面对并参与了科学与玄学、东方西方的交锋对话。当然，胡适更说出了“厚德载物”般的名言：“容忍比自由更重要。”

顺治皇帝的人生跟革卦相关。这位年轻即担负国祚延绵重任的皇帝，确实肩负起满人政治乃至自家权力中心的革命。革卦“君子豹变，小人革面”，顺治在民间传说中既是“情种”，又是“佛子”，差一点儿就高风亮节地退位做和尚去了。他的年号也正是革卦之义，“顺乎天而应乎人”，“君子以治历明时”。

在农耕社会，夬卦时空的特征是抢种抢收、决战、呼号。古典中国人为此说，泽上于天，君子以施禄及下，居德则忌。夬卦人的特点，行事非同寻常，口才好，有人缘，心性不成熟，敢担事。

成吉思汗是雷天大壮卦人。健而动，他“深沉有大略，用兵如神，故能灭国四十，遂平夏克金，有中原三分之二”。大壮“天地之情可见”，马可·波罗称道他的死亡是“廉明之人的大损失”。据说他算得上“历史上‘最环保的侵略者’。因为杀人无数，让大片耕地恢复成为森林，让大气中的碳大幅减量达七亿吨！”

渐卦积累。古罗马伟大的诗人维吉尔有《牧歌集》、《农事诗》和《埃涅阿斯纪》，其用心都可使小诗人为之汗颜，《埃涅阿斯纪》则耗费了他生命的最后十年。渐卦人遇贵人，维吉尔认识屋大维后曾对他连续四天朗诵《农事诗》。渐卦有男欢女爱之象，维吉尔的名言是，“爱胜过一切；所以让我们臣服于爱。”

有论者以为胡适家教成果不如梁启超的突出，因胡西化之故；是不知二人性格命运之偏好。梁启超是家人卦人，家人卦有富家之象，且“孚如威如”，“君子以言有物而行有恒”，这都是梁启超所示现的，而胡偏向坤卦的“世界公民”一面。

陈嘉庚先生是蹇卦人，蹇卦人的人生在路上，坎坷、艰难，然而“往蹇来誉”、“大蹇朋来”，蹇卦君子能够“反身修德”。陈先生自承：“鄙人所以奔走海外，茹苦含辛数十年，身家性命之利害得失，举不足撄吾念，独于兴学一事，不惜牺牲金钱，竭殚心力而为之，终日孜孜无敢逸豫者，正为此耳。”

第三部分 时空演化

阳明先生一生与艮卦时空的偏好相关。“艮其背，不获其身；行其庭，不见其人，无咎。”几乎是王阳明的写照。他的一生深得艮卦之义，“时止则止，时行则行，动静不失其时，其道光明。”他临终前说，“吾心光明夫复何言”，也是艮卦之理。艮卦是修行的，阳明先生的修行贯彻了一生。

第四部分 个人选择

十二 人格

人格

有文人之笔，有史家之笔，有思想家之笔……它们是文明借其书写展开的文本，它们塑造了人格，人也因此传承了文明。如果一个笔才优美或壮阔的人破门而出，操市井围观语，甚至行文中也示其可观的骂人口才……我们可以断定，文化之文并没有化育出可圈点的人格。我们当代人也确实少有人格魅力。远读凑合，近看不忍卒读。

看到一张抗战时期的照片，一个穿着补丁衣服的老人左手拿一个口袋，右手拄着一把伞。半个多世纪了，老人的眼睛仍透出坚毅的神气、英气。原来是他上街卖番薯，遇到送壮丁到前线募捐，老人倾囊助饷。当时的县长特为之留影。这样的人和画面能保留下来，为人看到，真好。

对真正自由的心灵而言，他不需要外来的布施，他在追求自我的完善。有画家说，那种总希望外人他人认识自己，并因此用种种机巧来引人注目者，在此意义上都是一种“俗”。给别人画的画是俗的，给自己画的画，给自己愉快的，自己追求的，才是雅的。这正是前人所说，古之学者为己，今之学者为人。

圣贤一类的人格在相当大的程度上近似现代文明的公民人格，多年前发现这个道理后一度很是沮丧。但看我们不少成年人都把人家的教授、记者、律师如罗尔斯、齐泽克、华莱士等人当做“大佬”、“大师”崇奉，可知我们的成年人是如何尽人生之责和社会之责的，也可知那些敬业的公民依然是我们社会的圣贤或豪杰。

历史给予我们的安慰远大于我们的想象，在无望的日子里，仍有道义理解并救赎我们。“正其宜不谋其利，明其道不计其功。”对比世故、机灵，仁者义者真正更新了我们关于当下生存的感觉，其言行是真正原创的，闻说这些人的名是一种义。诚如高尔泰先生给一位先生的挽辞所言：莫道英雄去不还，已闻新雁起寒汀。

每一位中国文化的真正传人一定是这样的：他们是文化中国的人格象征，自然时刻在打量、审视政治中国和经济中国的戾气；他们是道统，自然在规正政统和摩登时代。他们不为流俗和时代的游戏所惑，他们的幸福圆满不是源于财富、名声、生存能力，而是他们的明德至善。

社会的荒诞会使健全的言行显示出尖锐性，本来最为正常的个体，反而成了特立独行者。最正常的个体因此跟社会构成了张力，有的人以理想检验了公益慈善的可能，有的人则以坎坷穷窘的人生测试了这个社会对文化、思想、阅读的态度。想起曾经流行的一句话：他有“一颗金子般的心”。

发现周围朋友们的收获是愉快的。有一次跟胡赳赳聊天，这个弃医从文的诗人、媒体达人十年来为口腔溃疡所苦，最近几年读中医书居然不知不觉中大为好转；但赳赳跟我说的是，他感谢这一疾病的平衡，如没有这一疾病，在这个花花世界他可能变得自己都认不出来了。毛喻原的疾病哲学有一条是，有些病是朋友。

简易何以要变易、恒易，要繁复。因为其中有思维的乐趣，有灵性的展开，有跟种种事物的联系，有形而上之道。如果人们首先看到的是结论就不会有哲学，如果人们只希望简单化就不会有头脑和心智的活力；真正的精神不寻找捷径，他走完全部道路。为什么只有真正的精神能够无缘大慈，因为世界在他心中。

每一职业事业做得专注真挚持久，就有学问，就有气象。不少武师回忆他们的师父练功日久，神态儒雅起来，待人接物都是风范，而言谈也多有人生哲理。前年太极师父的父亲来京，大家去看陈家沟的老农是什么样子，很是吃惊。将我跟师爷合影的相片给朋友看，朋友说，这是一个很健康风雅的老教授啊。

生命的本质多从死后开始，那些给我们心灵净洗和安慰的英雄未必如世俗所想象的特别和完美，在某种意义上，他们只是把时代社会的庸俗或黑暗撕破给我们看的常人而已。阿伦特甚至说，伟大生命“只在身后留下一个故事，从而只能在生命完结之后开始存在”。她为此说，英雄最好要死得年轻。这话真是见血。

有些话需要时间来帮我们理解，比如爱因斯坦说：“第一流人物对于时代和历史进程的意义，在道德品质方面，也许比单纯的才智成就方面还要大，即使是后者，它们取决于品格的程度，也许超过通常所认为的那样。”这样的话曾经不以为然，因为我们都佩服才智的光华灿烂，但后来终于理解了人格的意义。

他们在场时是曾怎样被人嘲弄、吐唾沫啊，缺点那么明显：无学理、才识浅、太偏执、没资源……但他们就是“这样的战士”，面对政治家、慈善家、成功人士、学界大佬、道德、国粹、民意、学理、公义、文明……组成的无物之阵，他们曾战斗其中。时过境迁，他们才是时代淘洗下来的人物，他们属于人类之子。如果真要讲什么穿越，他们是能穿越这个时代，归入人类之子的行列。

思维

很多人以为思想跟快乐成反比，似乎人只有穷窘、愁眉苦脸、忧患等等才能有思想。这完全是一种误解。真正的思想者都因专注而身心欢愉，畏天悯人时的忧伤也好、口腔期的快感也好，只是其微不足道的一部分。像孔子那样三月不知肉味的欢乐是经常的事，他老人家说自己，发愤忘食，乐以忘忧，不知老之将至云尔。

群居终日，言不及义。什么是义？即我们跟世界现实性的合宜。世界不停地创造现实，我们却落后于现实。我们跟世界的距离表现在我们的语言里，我们的语言很少有几句跟世界的现实性相关的话语。困境是，不仅他们背离了自己的语言，我们也如此。诗人感叹，正声何微茫，哀怨起骚人。如此喧哗，正声何在？

从知识和人生的本体而言，除了书本知识，学习就是应该向前辈学习，向同辈学习，向年轻人学习。哈佛大学的黄万盛教授总结说，向前辈学习，是建立我们的传承；向同龄人学习，是建立属于这个时代的交叠共识和历史记忆；向年轻的人学习，是使我们具有未来的方向，使自己成为一个有责任的精神力量。

曾有历史学家说，汉代以前的中国人心智思维跟后来者是不同的，这种研究极有意思。现代人跟农耕文明的人相比也有了质的变化。其中之一，现代人的人生建立在众多的假说之上，比如历史终结说、新世界说，比如搭便车，比如崩溃大乱论和中特说……追问这些假说以获得真正的存在感、爱和自由，乃是人的责任。

一直羡慕数学家们能够在头脑中演算、思想，而我们习惯了依托纸笔、事件、人物等等来表达自我。网络文化尤其是微博却让我们可以摆脱这一切，我们“忘了”既有的东西，而可以像数学家那样在头脑中演绎新知、思想和生活。这是对自我真正的考验，我们要回答的是，我们能给他人、世界和文明提供什么样的服务。

遇到一个学过理科又学过文科的朋友，听他聊起哈勃望远镜修复后的宇宙图景，真是过瘾。一方面，我们既有的语言和数理工具构成思维的边界；另一方面，坚持实验观测仍能校正更新我们思维的有效性。人到中年，在思考人生世界的根本性问题时，最痛苦的事之一是工具不够，观测不够，因此，我们多为失声失语者。

人心微危，故我们不必考验它，或在它经不过考验后就放弃对人的救赎。西人祈祷，不要叫我们遇到试探，救我们脱离凶恶。对爱情、权力、金钱等等，都当如此，以寻常的态度、历史的经验去对待。天底下最值得爱的人跟大救星、大善人异曲同工，都是不应该如此对待或如此经受考验的。闻一多有“口供”如此说：“可是还有一个我，你怕不怕，苍蝇似的思想，垃圾桶里爬。”

思维的种类众多，但较有效的思维是人的俯仰天地，“近取诸身、远取诸物”。人自身的生命体确实是极为有效的认知工具，人是万物的尺度，安顿好自己才能了解世界。用佛法的话，人身难得。只不过我们又说，古之学者为己，今之学者为人。故今天的很多人都是为外人忙活着，他们的身心为外物外人占据。

观象系辞是吾人极为重要的思维范式。在某种程度上，这是一种孩童思维，人类童年的“看图说话”；从另外一种角度上说，看图象而能系辞，示现的正是天才的直觉。看春夏秋冬四季能系之以元亨利贞四辞，再系之生长收藏四辞，再系之以仁礼义智四辞，其中似无逻辑，但也精准地把握了天文和人文的结构。

有朋友不理解观象系辞，其实这在生活中有大量运用。比如人们对50后系之以看报纸长大的一代，对60后系之以看“小人书”、听广播的一代，对70后系之以看电视的一代，对80后系之以上网的一代……这就是直接执其大象以系辞。遗憾的是，这其中确实无逻辑的意义。但这种说辞仍足以穿透时代变迁的雾障，显示丘壑。

老子孔子都不依循所谓的“形式逻辑”，他们都是了不起的观象系辞者。有物混成，先天地生，惟象惟形，老子看到了，他说自己只能勉强地命名系辞为道。而人文历史，在孔子笔下，笔则笔，削则削，一字即褒贬对象，这种能力或成就使得子夏之徒不能赞一词；而这样的《春秋》修成，使乱臣贼子惧。这是观象的力量。

困难在于世间万象包括心象难以系辞，而表达的言辞难以为对方把握并还原为象，系之以自己的语言。这就是为什么几句简单的话，在不学无思者那里如同天书。因此在逻辑缺失的国度，人们的表达和交流有非常大的障碍。如无经师诠释解惑，经典作品对普通人实在是高不可攀。读经在一定程度上只能是盲从了。

人的直觉珍贵易失。逻辑、世故等等都可以毁灭它。我们从看图就能说话，落到失语的地步即是如此。诗人的诗、画家的画，乃至政权世道的罪性，在失去直觉的心中，是难以把握的；人们多半只能品味自己无语的挫败感。穆旦：“我们的童年所不意拥有的，而后远离了，却又是成年一切的辛劳，同所寻求失败的。”

罗素说，“不管你是在研究什么事物，还是在思考任何观点，请只问你自己‘事实是什么’以及‘这些事实所证实的真理是什么’。永远不要让自己被自己所更愿意相信的，或者你认为人们相信了之后会对社会更加有益的东西所影响。只是单单地去审视，什么才是事实。”这其实不仅是智慧，也是我们安身立命的道德。

在真正革命性的思想中，我喜欢智慧的，也喜欢道德的。哲人说，“爱是明智的，恨是愚蠢的。在这个日益紧密相连的世界，我们必须学会容忍彼此，我们必须学会接受这样一个事实——总会有人说出我们不想听的话。只有这样，我们才有可能共同生存。”这不仅是道德，也是我们生存的智慧。

把中国或中国人当做对象已经成为不少人的习惯，总结的特征似乎也都准确到位，但无济于世道人心的完善。我一度也喜欢这种言说，后来发现这中间有着可怕的陷阱，自己的人格付诸阙如不说，自己的心智思维也难有长进。这是一种取巧、二丑技艺或幼稚的表现：不说白不说，说了也白说，白说还要说……

在对因果的认知中，我们总是带有偏见或侥幸。世界也许必然，但我们以为自己的言行是偶然的，偶尔添彩添乱的。我们多对因无所谓，对果很在乎，当恶果来临时，我们多是要求别人宽恕，要求周围人放过自己，我们很少责问自己，很少忏悔。世界是因果的，这不仅是现象，也是本质。

第四部分 个人选择

自我

个性是极为重要的，可是我们不能以为自我中心主义或夜郎自大就是表达个性，我们不能以为一味地逆反就是表达个性。自我的伸展探索乃至表达，仍有其背景、参照，自我或个性的成就仍属于或遵从于一种伟大的传统。我们的个性只是传统的一部分；从最积极的角度说，它增富了传统，改变了传统的秩序。

没有类的意识，就没有真正的自我，最多在本能或本我的泥潭里乐活打滚。人类之子立足于民胞物与，正在于他有自我意识，有精进之责和超越完善之使命。就像伟大的穆罕默德，当有人问信奉伊斯兰教的方法时，穆圣回答说："最好的伊斯兰教徒就是在认识和不认识的人当中，给饥饿的人食物和散布和平的人。"

我们的危机多是自我失落的危机。自我并非一个确定的目标，而是我们表达的形式。我们每个人都是创造物，都在我们的相似处里混杂着独特性，正是这点独特性让我们骄傲也不安。但我们的聪明才智多被用在适应社会上，这种聪明，因此只有奴隶奴才的聪明。只有在想要驯服他人的人看来，独特性才成为问题。

康德哲学有一些很重要的命题，如自我意识，如人是目的；这其实是人类曾经的事实和今天的理想。中国传统也有一个“作享”的时代，人人可以直接跟天地神灵对话；后来被君王“绝地天通”，堵住了。因此今天的人还不敢明认作家、诗人、大德、愿者，人们习惯了这一类的称呼由权威的人或部门认证，最好有证书。我希望微博时代能提高大家的自尊自信。

要明白自我的有限性、暂时性。我们不可能把别人的脑袋换成自己的；即使我们此时是正确的，我们也只能跟多元的、可能一生都错误的社会个体构成合力，推动文明的车轮，这是共和的要义。有道是，在劫难逃。这是我们的共业。有些人非常着急，如阿Q那样。今天的我们也许只能“慢慢地着急”（to make haste slowly）。

我们很多人都有这样的“历史假设”：这个“我”假如不曾出现，世界是什么样子？任何一个偶然，历史事件偏离轨道，父母不曾走到一起或有了别的事故，我们的躯体或心灵是否能够诞生？哲学、人的目的、时间空间意识等等我们自己的人生观和世界观也会伴随这种假设而获得，我们所努力的，平实地说，要在善始善终。

第四部分 个人选择

十三 情爱

男女

万物负阴而抱阳，冲气以为和。在我们文明的演进中，女性代表的是可被认识的全体，是基础；她的本质是迷人的。康德因此把“美”分配给了女人。男性则是要去求知的人。随着男人在人生社会的渐次展开，女性因他而经受变形。她默默奉献，做出了牺牲。而她所承受的，总是超出了他所能理解的范围。

人们多爱说，年轻时不懂爱情。但爱情又多在年轻时体验到，后来的男女之爱有太多的社会因素介入。更有返璞归真。“你禁锢的身心就是我全部的精神之谜，而精神，我们曾想象有无数可能。”这个“你”，是“我”的另一半，也是“我”中之“你”。从无数可能返回我们的身心家园，是一种超拔，更是一种实在的建设。

我曾说，最优秀的男女雌雄同体。其实任何人都有自己的阳气阴质，我们认识自己也在于对此了然于心，并因此慈悲、创造。那些动辄作践女性或嘲笑男人的人，大概都是对自己的另一半缺乏同情的了解，他们终其一生也许活得热闹，但是孤独；在与身内身外的关系中，他们建立的是统治或被统治关系，难以成为伴侣。

社会的文明完善，说到底是与人的身体直接相关。自男人建立绝对统治以来，文明的演进就在于消解男权社会的身心禁锢，如缠足，男尊女卑，等等。这种专制和歧视，几乎无处不在。乡下人多说，谁家闺女被糟蹋了。城里人则说，咱家小子会占便宜。人们一方面自我感觉良好，优越得鼻孔朝天；一方面点头哈腰，卑怯到尘埃里。

在文明史上，人类对爱和信任的需要一直遭到扭曲和压制。由男女关系出发，我们的人际关系变成了权谋、战争、勾心斗角，普遍专制和等级专制在我们中间建立起来。也因此，在真正的人类解放中，爱情是最具有革命性的。这一个男人和这一个女人之间的绝望、浪漫、痛苦、精神探求、神性……等等，都见证了这种爱的实现。

经常听人感叹现代社会男女关系紊乱，男人不man,女人不lady，更不用说传统的三从四德。有人为此议论说，男女之战争或斗争有几千年的历史了，虽然现在仍是男权社会，但男女关系已到了新的阶段。作为反动或新阶段的特征是，男人追娶女人，那个女人要什么生活，就是男人要过的生活。

一方面是男女关系的扭曲，一方面是男女仍在实践、创造新的形式。男权、女权都重在权，“不是东风压倒西风，就是西风压倒东风”，陷入这类思维怪圈里难以自由。事实上，跟一切相对相仇相惜的关系一样，男女关系也会超越其恐惧、支配等传统模式，而走和解和谐。直白地说，男女之间不再有怕，而是尊重和在意。

有朋友说，这个时代既缺乏男人的视角，也缺乏女人的维度。占据公共舞台的人，意淫着宫闱秘史、政治风云、经济浪潮、国际纷争时，女人们在暗中笑你们知道么？谈话间来来往往，无非名利二字，何来真理？何来美感？何来爱？……这话令人汗颜，我们社会的男人们都在哪里？

饮食男女，人之大欲存焉。但饮食男女中，女人的地位是柔顺的。要做爱不要作战，但暴力者经常乱性，在失意者的意识或强盗逻辑里，做爱就是作战。我们做爱，宣泄的是我们的仇恨、轻蔑、失意和下贱下流。以无知、暴力和数量取胜，来表达对女人、身体和人类的仇恨，是我们最常见的行为。

性

谈爱当然要涉及性，食色性也。纯粹的、青春的、成全的性真是美好。那完全是另外一个世界，比起理想的峻切审美世界，又有某种不悖的神秘处。日常生活的无趣、紧张，到了完全摒除理性、精神的欲望世界里，确实有放松的效果。就像我们看情色文字能调剂一样，人对身体的放肆是对外在强大世界的一种态度。

我们的性观念包括女性观念多不堪，其中的猥亵、肮脏、轻蔑，大概只有国人自己知道。王朔说他到美国后，“才知道《花花公子》这样的美国杂志，其实反映的是非常严肃的人的需要和欲望”。成年人的社会交往，“不是大耳贴子抽得你怎么怎么样的那种，或者一下子掉粪坑里的那种”。王朔反观自己，“相比之下，我显得粗鄙”。

第四部分 个人选择

反省男人对女人的“四F理论”。“找、骗、操、甩”不仅“囊括了强壮男人的性哲学”，而且最终导致“社会的强弱分层掺入了性的差别，强就是男性气质，弱就是女性气质”。西方的研究者如果能够观察我国的太监哲学，大概会惊讶人世间还有比男女强弱关系更糟糕的，能够畸变到太监或太监般蛇蝎阴毒的人格。

如果我们不能把自己或自己的另一半打开，并神奇地充满；那么就会有另外的你我，貌似丰富，实则使人生枯萎。最初的约定：性、爱、婚姻，都那么危险，背叛难以避免。最初的欢爱、发现、欲仙欲死、餍足，都渐行渐远，最终失去爱和爱的能力，成为彻底的孤家寡人。我们越是想跟世界联系，越是发现自己的孤独。

性爱美好。青春的、纯粹的、成全的爱多会以为自己已经观止行止，性力的展开极乐而臻于极致，我们甚至以为性爱中的战争、暴力、粗话、脏话是一种终极。但事实上，我们仍能精进而获得一种纯净的、曼妙的、全息感应着的经验。连体入梦的经验，金风玉露的经验，不思量而胜却无数的经验。

情爱

读书明理，但真明理者尤其能明爱情之理者是很少的。陈寅恪成家立业都晚，大概也因为他年轻时即有着通达的爱情观，故能在时代社会面前从容一生。他曾说情之最上者，世无其人；其次交识有素，而未尝共衾枕者；其次一度枕席而永久纪念不忘；其次为夫妇终身而无外遇者……最下等者，随处接合，惟欲是图，而无所谓情矣。

对真正的男人来说，从一个或尽量少的女人那里能够了解所有的女性。只有流氓无赖、花花公子、风流才子们，才会经历很多女性，而只是占有了一个女人。反之亦然。浪子回头，在各个方向失败了，“才接近你的博大和完整”。据说某人当年一度荒唐，最后在一个女人那里才找到了自己。我读他给她的诗，深信如此。

爱上我们自己的爱情并非坏事，要在如何把我们的情感跟人生世界联系起来。真情有力。“如果我们能够给出我们的爱情，不是射在物质和物质间把它自己消损，如果我们能够洗涤，我们小小的恐惧我们的惶惑和暗影，放在大的光明中……”多年前读穆旦的这一诗句，如受电击，从此再也没有丢失过它。

爱是真正的革命。在专制和黑暗面前，爱情显示了它那不可言说、不可思议、不可称量的力量，爱情的自信自觉足与日月同辉。专制压迫到极致，爱到极致；社会黑暗到伤害，爱到伤害并回应了伤害。历史学家们证实，农奴制、黑奴制、一夫多妻制、男权制、种族专制、国家专制，几乎都是被人类的爱情率先也最决绝地抛弃了。

男女爱情最为纯洁的，在于它在我们漫长的一生中，以简单之极的力量把我们拔出了恶俗，我们卑微或许失败的一生因此得到了升华。这种爱情，已经是并仍然是属于宋庆龄女士的，已经是并仍然是属于林徽因女士的，已经是并仍然是属于鲁迅先生的，已经是并仍然是属于瞿秋白先生的，已经是并仍然是属于王小波先生的……

近代以来，爱情甚至抬起了它最柔弱的肩膀，谱写了我们人类争取自由最动人的乐章。从夏完淳、谭嗣同到林觉民，从俄国十二月党人到捷克七七宪章的参与者，到台湾美丽岛事件中的先进分子，……从孙中山，到哈维尔，到曼德拉，都曾经“儿女情长”，这些英雄豪杰都有着心中“最柔软的一块”……

人間世

听到法大的朋友讲他们80年代的经典爱情。85级新生入学，半年内琼男跟津女相爱，被学校开除。此事被当做反面教材警示86级及后入校学生。多年以后，人们才知道：津女回津做了一商场售货员，琼男回家攻读、次年再度入一大学，未几男生因事故而死，津女看视男生家后，赴天涯海角蹈海自杀。

对有些人来说，爱情是造化最尊贵的礼物，人们从自己爱的体验中得到智慧，而非经过教条、政权、导师等得到。爱情创造了真实的自我，以此回馈社会健全的个人。骑士精神的五种美德，爱、节欲、勇气、忠诚和礼仪，即有此健康心态。如果有人没有爱的体验，他在人生社会中是不会得到完全满足的。

爱在成长，它要从童话进入一种新的世界。童话也许是纯粹二人的拥有，是当事人对纯粹性的拥有。但新世界的爱却要求二人对全宇宙的分享，是当事人对复杂性的拥有。这是一个对心智情感都有着巨大挑战的业，以孔子仁爱、佛之慈悲也在这种业面前让步回避。我们大多数人的爱业最终是一种孽缘。

男色女色，青春少年，哪个不愿钟情怀春？情到深处，却又怜惜无语。情深而有欲，情深更可能无欲，因此会有柏拉图式的爱，会有“人类的忧郁”。因为你我要拥抱每一个人，因为你我已失去拥抱的安慰。我们从此出发，或者能把自己的生命落实，关怀广大而又具体，优美壮美耽美相辅相成，有侠肝义胆，有儿女情长。

我们每个人都可以拥有一个属于自己的爱的梦想，它不可思议的力量能够再现传统、回馈现实。借用神话学家的表述，可以说，古典英雄的最新轮回转世，即冒险与收获的罗曼史，正在我们大都会的十字路口，等待交通灯的变换，最终有效服务于社会。日本作家盐野七生的爱情，成全了英雄归来的传奇，她的书确实可观。

偶然看到柯景腾的《那些年，我们一起追的女孩》，用一句老毛的话，世界是属于年轻人的。这个台湾的才子还没结婚，他回答爱情婚姻也有意思。他说真正甜蜜和长久的爱情是在生活里而非电影里，爱情完全没办法被规范，没法限制一生只爱一个人。爱上了其实没有办法，只是会不会去做而已，可犯规的人太多了。

我们人类的正向情感在积极的意义上都使自己走向独立、包容，就是说，一切友情、亲情、爱情都得具有这种责任感，否则它会沦为贪婪、嗔习、痴恋，成为一种习惯性的依赖。尤其亲情，首先要学会独立，即真正的亲情是不给亲人trouble的爱。我们时代的圣贤说，给你所爱的人以自由，也给你不爱的人以自由。

有老板跟学者讨论爱情，为什么科学家的感情生活较文艺家要简单、稳固、专一？学者说，翁杨可不简单；当然我同意你的说法大体成立。科学家有另外的对象转移升华，文艺家以情感为人生对象。甚至对大多数人来说，没有情感，没有爱，凡俗卑微的生活就失去诗意和大部分意义。人生在世，爱是体用不二的。

可以听听诗人对爱的思考：我们追求的是繁茂，反而因此分离；我曾经爱过，我的眼睛未曾明朗。一句无所归宿的话，使我不断地悲伤：她曾经说，我永远爱你，永不分离。虽然她的爱限制在永变的事物里，虽然她竟说了一句谎，流传了多少世纪。诗人说，为什么责备呢？为什么不宽恕她的失败呢？宽恕她……

我曾经说，在我们当代的大陆中国，最优美、最纯洁、最坚不可摧的力量不是自由主义的观念、不是NGO的实践、不是中产阶级的发育，而是爱情。

引而不发的爱情。我的《想念王毅》让王怜花先生想到了张君宝（张三丰）对郭襄的情感，怜花兄说这是“爱慕”：一种柏拉图式的爱，一切都不说出来，微妙的意会，托物抒怀，点到为止。思念而不为对方所知，思念得自我砥砺。一切都来不及细说，就已成匆匆往事。“此情可待成追忆，只是当时已惘然”，又有“何当共剪西窗烛，却话巴山夜雨时”。

第四部分 个人选择

婚姻

社会学家会说，婚姻束缚了爱，束缚了“人性”。女人会问男人为什么要来求婚结婚，据说标准答案是，因为爱你爱得不能再爱了。当然，还有一个男女可能都不一定知道的背景答案，因为婚姻超越了爱，乃是人生的第一要事。他爱她，愿意跟她相伴一生，这是人生第一等事。有人因此认为，如果没有这种意识，那就不应该结婚。

跟情感一样，婚姻也要经历自己的发展过程。最初是“青春期婚姻”，我们绝大部分人的婚姻如此，所以才有出轨，如中年男人爱上另一个更年轻美貌的女人；只有经过双方艰难的锻炼，才能进入一体感的神圣婚姻，外人称为“炼金术婚姻”。而未能成功的，则中途夭折，要么离异，要么进入了无性无爱的因循式婚姻。

很多时候，名称决定了命运。丈夫一词，在今天几乎演变成“一丈之内才是自己的夫君”之意。诱惑之多，负重太多，我们难以守望“这一个”。但今天的婚姻对男女确实有了更高的要求。不能责怪对方，不能讹诈、勒索、绑架，一厢情愿，要真正跟对方一起成长，一起努力。这里就是玫瑰花，就在这里跳舞吧。

有人问老掉牙的爱情婚姻问题：爱情不成是方法论有问题，婚姻不成是世界观有问题，或者相反；是这样吗？我不知道有没有标准答案，但个人认为不必上升到高远玄妙，我们的存在感也是变动不居，重要的是我们是否能释放出爱，并把它外化为日常生活的习惯。我们的幸福多跟此相关，即使做了剩男剩女也庶几无愧。

多年前遇到一位中文系的师兄，曾在大报工作，1989年后离开，到社会上打工，他后来选择了开出租车。我坐他的出租，听他讲自己的故事：得到妻子理解，甘于平淡无名，挣自己的辛苦钱，攒到钱了置业，日子安顿下来。他写诗，给妻子读诗。远离社会喧嚣，他和妻子过着一种自足的生活。

第四部分 个人选择

十四/救赎

安身

外地的朋友来，这是稀客，在家里吃住，一起聊闲天，一时忘记今日何日。这样的聊天似乎可以穷尽一切，将两人的人生收获收割了一次。待朋友走后，收拾杯盘狼藉，收拾衣物被褥，时间一下子慢下来了，就像乡村生活中待客，是招待客人也是招待时间。要再进入虚浮的都市生活轨道，半天都不适应。

《非常道2》参加了立人乡村图书馆的“十分努力计划”，李英强、张守礼等人百折不挠，使立人图书馆有了今天这样的规模和气象，真是让人感动。我很荣幸自己和《非常道2》的读者们能为之奉献绵薄。社会的进步努力表现在各个方面，我至今记得邱建生，他看完《晏阳初传》的当夜长时间失声痛哭，哭后决定了一生的志向。

逍遥道长多年前游方，夜宿一寺庙，遇一奇异老者，老人在其屋子外露宿，喃喃自语，不要做庙子的狗。逍遥由此坚定了漂泊无定的修行生活。艺术家温普林绝缘于体制，他曾跟我说，咱吃啥官饭，咱就是天养……温老大一脸风霜苍凉，却让人感觉悲慨而温暖。中国文化的立法者们谓之“自作元命”。

三四年前跟野夫在大理聊天，曾有一个立人的梦想，即引导出真正能够安身立命的年轻朋友。我开玩笑说如几个年轻人跟我们一起住在乡村，一起读书，并推动我们认真研究一些问题，一两年后即可算我们的弟子吧。我在中山大学陈寅恪旧居前曾口占一首诗说：“无家可归的孩子们/在知识的流水线上作业。”

多年前写过《我所知道的乱世》，回北京的一年多，发现更年轻的朋友在做“乱世”、“稳定”、“从上而下”、“革命”、“中国转型”等等人生题目了，这每一代人都涉及的命题在新人那里同样诉诸直觉或想当然、消息、最近的实例乃至暂时依靠的信念、纸上作业……这种作文照例是不及格的，几代人耗在其中疲于活命。

发展阶段的不可跨越还有一个现象。一个处于“前习俗阶段”的青年学子，无论怎么有才学，他也不可能理解第三阶段的人生收获。大易讲六爻时位，潜龙元夫勿用，大概也有此意。严重的问题是，这些阶段分别都是独一无二的存在方式，都有效或对自己管用，而非小孩子走向成年理性的必由之路。

个人之自觉在专制社会生活中是一个难题。我们难以活出有效的个体，比如孔子感叹四十不惑，但后来的人到中年仍受诱惑。吾人多要延迟三五年，才能真正不受诱惑。如曾国藩、左宗棠、蒋介石等人都是延后多年才不受诱惑的。至于困惑，要到五十才能知天命。而那些身心发展不顺的人也许终其一生都无知而甘受诱惑。

人的可能性。在当时人都活得飘忽不安的时候，孔子的弟子们见证了跟老师一起的欢乐和充实。孔子死后，他最杰出的弟子们在就业机会俯拾皆是时能够为他服丧三年，而“存鲁、乱齐、破吴、强晋而霸越”的大商人兼当时第一流的外交专家子贡一人庐墓六年。这是有限时空中的无限把握，一种优雅高尚的信仰情怀。

人生的成就之一在于在世上适得其所，即找到了跟这个世界发生关系的方式，而非跟风、人云亦云。因为这种寻找，人们从自己的角度贯通了世界，立功立德立言具有普遍可传达性。这种人生的踏实非轻浮虚无者所知，他们不再只具有“简单的拥有感”，他们的生活自主，能够充分地社会化，又能充分地个体化。

那些心智阴暗蒙昧的人只知道“搭便车”、掠夺、毁灭，站在成功上得意。而一般人多少明白自己对社会负有责任，但只有真正自知的人才找到了负责的方式。佛家六度修行，第一即布施。作为社会人，有人布施技术，有人布施财产，有人布施革命，有人布施精神……不少人生活了十年二十年，才有心力布施或服务于社会。

多年前，我在北京打工，短短四五年间，一度搬家十来次。其中一次住在工人日报宿舍区外的铁皮屋里，只有一桌一床而已。那时跟何家栋老人来往多，他老劝我写东西，我则抱怨说，没有条件，你看我食无鱼出无车的……何老叹气说，你这样想永远写不出东西的，你要想你只是写东西的命不是有鱼有车的命。

读万卷书，行万里路，交四方友。这是安身立命的必经之基。但如果没有自己的问题意识，就容易迷失其中。在央广聊天，张翕用了一个词，“思想控”，这很有道理。年轻朋友敏锐多识，当代的人物，几乎都是哥们儿；最新的学术成果，没有他不熟悉的。但要记住其中的陷阱。刘瑜有文章：“今天你施密特了吗？”

有年轻人说起寂寞，寂寞是近几年流行的词汇。有人说，人心之不能相通，生活方式之冲突，诚然寂寞；但只要自己立身以诚，即使孤独寂寞又有什么关系？何况在心灵精神上从来不是一个人的事，有那么多古人、多难而优秀的精神、独立而温润的心灵来给予安慰来做朋友，人怎么会寂寞呢?

一个朋友的孩子在中学里成绩很好，可是他政治考试不行，注定与中国的大学无缘。他自己想办法，考上了奥地利一所大学。一年后回国跟高中同学聚会，发现上国内大学的昔日同窗，“好小啊，还是孩子”，要他照顾，他也能够照顾了。毕业后回国，他到农村工作，做了茶农。

唯物主义之后是拜金主义。但多年前跟吴思等人讨论挣钱与花钱，他们都平实地说，够用就可。我还知道不少有才华、有能力挣钱的人，他们念兹在兹的是自觉觉他。造次颠沛的胡子面对选择时说，我还是吃自己挣的口粮安心。毛喻原说，只要自己在一般人之上，就不应恐惧，而要庆幸，更要努力于自己的创造……

在践行人生正义和社会正义的过程中，做好自己的本位最易为人忽略。记者是否敬业，官吏是否真正为民着想，知识分子是否提供了思想资源和知识产品……还有最重要的，如我在《非常道2》里收选了德兰修女的一段话——当媒体问她，为了这个世界的和平我们能做什么？修女说：回家，爱你的家人。

人間世

成长

在成长过程中，一个人如果没有经历社会运动，他的人生多少是匮乏的。前现代社会的成人礼几乎主要来自社会运动，没有这种成人礼，人们就只是官家的子民；没有这种成人礼，人们走上社会不过是流失在茫茫人海和无情市场中的孤儿。没有归宿，只能自己摸索。善和正义是脆弱的，血缘和圈子也难成为善的根据地。

年轻时精力多好啊。那时因工作关系一度出入各种场合，会议、饭局、家宴，几乎每天都有收获。自己也来回倒卖信息或消息，最近见到谁了，前天又跟谁吃饭了，昨天读了谁的文章……有一天，一个老学者在听我高谈阔论后开口，你认识了这么多名流，了解他们的言行，那么，你认识自己吗？了解自己吗？

李银河说，随着年纪增长，一切美好的事物都在无可挽回地逝去。人的肉体变得丑陋，人的精神变得萎靡，所有曾经美好的关系都趋向于解体和消融。因为人按照本性是懒惰的，好逸恶劳的，除非有非做不可的理由，人自然地趋向于无所事事，游手好闲。过了四十岁，人就连做爱都懒得再做。如果不吃饭不会饿死，人就连吃饭都能免了。

个人的心智演进与其周围环境和社会氛围相关。一个人无论如何天才，他难以从书本和自己的思考中获得正当有效的社会经验。没有对环境足够的省思，没有与环境的互动，他难以通达成熟。通常地，我们的心智在圈子中“内卷化”，封闭得成为绝物。即使我们仍有交流的意愿，却多半失去了交流的能力。

交游过少或过多可能都是一种异化，面对二三素心人或上万粉丝，经验难以分享，言说难以校正自身。我们意识到自己的孤寡或横行了吗，我们不断有新的疑问、新的创造收获吗……这种省思的人生多只能在一个有效的范围内实现。孔子跟老子一样，他理想的状态是：冠者五六人，童子六七人，浴乎沂，风乎舞雩，咏而归……

回应齐泽克先生：东西方文明传统共有的人生安排：游学阶段、居家生活或社会生活阶段、散财修行并传道的阶段，等等。……遗憾的是，东西方人在现代文明生活中多“往而不返”，我们看到太多对权力、财富、知识等等垄断的现象，对人类资源的独占、垄断和阻隔其流通惠及民胞物与，乃是现代文明社会最为丑陋的事实。

中文出身的人面对社会有一种精神上的优越，也会有社会言说上的局限。我后来能够参与社会事务，大概得益于学生时代文史哲通识的一点基础。有人问文章之道，我知道要背诵名篇，更要对人类知识总量及其结构了然于心。我后来做《战略与管理》杂志，对自然科学、人文社科等多有接触，更深地体会了古人说的学以致用。但这还不够，还要多走路，多交游。

因为弃绝，自己渐渐不再能关心时人时文了，有时候羡慕又奇怪身边的朋友能够在新闻或公共人物那里投入那么大的精力。王小妮曾有诗说，三十以后，朋友和敌人都足够，不认识的就不想再认识了，到今天还不认识的人，就远远地敬着他。这话很好，要跟身边建立起良性的关系，要从中而非从远方获得烦恼或菩提。

有年轻人问他的老师，青春最需要的信念是什么。老师说，不要相信你此时的想法。青春期是质疑的、叛逆的、表面顺从的，还没有落实下来。因此不必执着于一时一地的思绪，更不必把顺从或叛逆当作人生的本质。如此才不至于生活得本能，而可反思着生活。年轻人感叹，那么大部分中国人都没有度过他们的青春期。

如果把人际关系也称作政治的话，人在成长过程经历了偶像政治、伟人政治向常人政治、庸人政治转变的阶段，从对父辈的尊崇、期待，到自立、自救，人们因此长大了。国家社会与此相仿佛。

第四部分 个人选择

读书

大多数人本能地希望孩子读好书，一如社会对读书种子的期待。这种“万般皆下唯有读书”的集体心理在今日看来相当怪异，对幸福立足于读书的想法，多证明虚妄。读书种子如果发育不良，就没有文化、没有幸福。现代人有无学问，从大处看，在于其自然禀赋是否充分发展，人与人深刻的情感联系，正义感。

大脑的读写能力据说是几千年才培养出来的，现在正遭遇挑战。调查者的数据显示，我们每周阅读印刷品的时间已经可以分钟来计算了。网络世界最不提倡的就是从容、缓慢的阅读，以及全神贯注的思考。网络就是转移注意力的代名词，网络公司是做分心生意的公司，它使大脑成为真正的跑马场，使心思与时浮沉。

世界阅读日临近。很多人都注意到国民阅读率较低，我们不是一个爱阅读的民族，我们多是“看客和示众的材料”。20世纪80年代的如饥似渴已经成为历史。要爱上阅读，提高国民阅读率，恐怕得让人们真正度过人生的“温饱”、“安全”，构成真正的大众社会或中产社会，如此才会有健康持久的阅读需要。

昨天参加一老朋友的生日聚会，有人搜罗到老先生50年代初出版的一本小册子，两万多字，定价一角二分，老先生还清楚地记起他得了三百二十元稿费。有人迅速地换算现在的价格，结果惊人。从民国到50年代初，知识人的努力还算有正常的回报。现在没什么人写书，写书的收入抵不上去打工的收入。当然，书价低、没什么人读书了……

十几年前，我说自己“一向都是热爱生活、阅读、怠惰、冥思更甚于写作表达”；我说自己和大家一样，“在卑微、平庸、残酷的生活中经受着考验，经历着成长”——这样的话，到今天仍适用。在沧桑巨变和亘古如斯之间，在日常和非常道之间，我相信读者自有会心，我相信在我们专注的地方，日子仍会缤纷地展开。

前人曾说，阅读是灵魂在杰作中的冒险。追求便利的现代人无愿无能冒险，人们的阅读因为海量的信息而失去分辨的能力，在平庸们的姿态面前杰作倒显得木讷平庸了。处处都有危险、陷阱，然而，阅读仍有收获。最有收获的莫过于一个高尚的心智为我们整体地把握了世界的结构，我们从中看到了自己和自己的位置。

第四部分 个人选择

读书是一生的事。有学者告诫年轻人说，趁年轻时赶紧把一生该读的书读完。这话说得片面，好书常读常新，阅读跟人生相伴而行。无论人生社会、世道人心如何变动，净洗自己身心的方式之一是阅读。阅读是提高我们生命质量的最佳途径，如果我们认识到生命资源的无限可能性，阅读即是开发我们生命资源的最好手段。

人一生是应该读点儿诗的。夫子明白诗的重要，他多次强调诗对人生的意义，他说“不学诗，无以言”，他说过，小子何莫学乎诗，诗可以兴观群怨。以至于当时的国际宴会上赋诗言志成了一种习惯：“公子赋《河水》，公赋《六月》。”多有意思啊。到了现代，这种诗趣越来越少了。印象中，尼克松访华，赋过毛泽东的“一万年太久，只争朝夕”。

一般说，开卷有益。阅读最怕什么？最怕的还不是去把作者归档悬搁，这只是我们容易犯下的错误，是结果之一；最可怕的是阅历出现了偏差，佛语“次第错误”。我见过很多朋友，因为这种错误，难以抵达阅读进而人生的“堂奥”。当然我也见到有人如欧阳锋那样“倒行逆施”，以绝大的毅力打通经脉，使自己修成一果。

有人说，现在的书太多了，看不过来。其实有很多种读书办法。尼采说过，一切文字中，余独爱以血书写者。金岳霖则教导殷海光，要读那些“经过自己长久努力思考出来”的作品。在思想不自由的社会，尤其要致意边缘状态的作者们寂寞而坚韧的思考。那些思考，跟不得已的创作一样，是以生活、生命的付出换来的。

只有读书可以帮我们免受或少受时代社会的污染，可以让我们退出潮流游戏时自觉自足。尤其是对中年后的朋友来说，他不再本能地消耗他的身体和精神，他得把身体和精神当做不离不弃的朋友，去照看、培育、对话。这一人生内容，医生多半束手无策，权力解决不了，金钱买不来……但通过读书，我们会使自己跟身体、精神、心灵的关系更紧密，更有把握。

在乡村经常看到有些气象的旧居挂有对联：几百年人家无非积德，第一等好事只是读书。这几乎是农耕文明的总结。现代社会的德性内涵有所变化，图书也“与时俱进”地丰富了。今天的读书就像饮食一样，多非应季应时的食材，使人在享受时也失去了精气神。好的书是像萝卜白菜一样呵护平安，益神提气……

尽管感叹能静心读写的人不多，但真要寻找仍有发现的惊喜。前几天买了一堆书，居然买到了马勇的签名本。看到读书种子们的成就，真是赞叹。我曾称道季蒙先生是一个经典意义上的学者。在缺少革命性的写作者之际，读这些读书人的文字，才能受益。圣经说，凡寻找的必能找到。人生也如此，无须过于悲观。

文章合为时而著，歌诗合为事而作。当代的文章、歌诗或图书、知识信息，其中的时与事要么多细碎饾饤，要么多言不及义。一如饮食，读书造成的“肥胖症”、“营养失调”、“阳亢”、“冷漠”等等症状也是一个极有意思的现象，读书跟社会脱节的现象是严重的。一方面是污染、过剩，一方面是匮乏、边缘……

想起少时在乡村读书的情形仍不免感叹，一本书一本杂志被我们传来传去，最后都卷成不像样子，我们相信文字的力量。人的阅读兴趣、能力要从少时培养，如此才能面对文字和信息的泛滥、污染和匮乏。

有老板对作家说，他是老派，喜欢到书店买书，但只要看上前两页就看不下去；有时候离开书店恨不得一把火烧了。作家回答，这是你看问题的角度，你能否想一想你不买书伤害了写书出书的人呢。有人说，看来作者装模作样地写书，出版者装模作样地出书，读者装模作样地读书，合谋的社会啊。

诗歌

诗人于坚说，与西方的个人主义诗歌不同，在中国，诗是一种文化，不是少数人的象牙塔。十有九人是诗者，并不是要比试谁是大诗人，这是一种生活方式。于坚认为，西方诗人无论如何杰出，他们总是局限在知识和智慧的范围内，……而在中国，一位杰出的诗人，那就是一位神灵，他们对人生的影响，就像宗教人物。

读年轻人讽刺都市对人性的压抑，说完了“播音员”、“电车”、“路灯”后，又冒出这样的句子：“路人把自己打扮得像拙劣的时装模特儿。”看看自己和周围人，真是禁不住发笑。想起诗人穆旦的句子来：“我穿着一件破衣衫出门，这么丑，我看着都觉得好笑，因为我原有许多好的衣衫，都已让它在岁月里烂掉。”

年轻时写过这样的诗句："你紧闭的肉体是我/全部的精神之谜，而精神/我们曾想象有无数可能。"弱水三千只取一瓢饮，以弘宇宙人生之道。年轻多好啊！穆旦翻译叶芝的《驶向拜占庭》："一个衰颓的老人只是个废物，是件破外衣支在一根木棍上，除非灵魂拍手作歌，为了它的皮囊的每个裂绽唱得更响亮……"天道酬情。

海子的诗："万人都要把火熄灭／我独自将火高高举起／此火为大/开花落英于神圣的祖国/和所有以梦为马的诗人一样/我借此度过漫漫长夜。"这样的诗当年记忆极多，看自己最近一次提到这类诗，已经是十年前的事了。而夜仍漫长，路也正长，诗人无梦了，我们不如忘却，不说的好罢。

在"榕树下"，我朗诵了自杀死去的方向的诗："我在渺无人迹的山谷，不受污染，听从一只鸟的教导，采花酿蜜，作成我的诗歌。美的口粮，精神的祭品，就像一些自由的野花，孤独地生长，凋落，我在内心里等待日出，像老人的初恋……"哎，年轻时记得穆旦的几乎全部诗，还有萨特、艾略特、奥登的大段作品……

叶芝的诗。"我就要动身走了，去心灵自由之岛，搭起一个小屋子，筑起泥巴房子，支起九行云豆架，……从早晨的面纱落到蟋蟀歌唱的地方，午夜是一片闪亮，正午是一片紫光，傍晚到处飞舞着红雀的翅膀。我就要动身走了，因为我听到那水声日日夜夜拍打着湖滨，不管我站在车行道或灰暗的人行道，都在我内心深处听到这声音。"

胡赳赳说有些诗多年后品味，懂得更多。他举例里尔克：“谁此时没有房屋就不必建筑，谁此时孤独就永远孤独。”当年不懂或懂得少，后来就恍然豁然。人生需要守住一些东西，比如理想不死，寻找，等等，如此经历才不会白白地经过。遗憾的是，对没有音乐细胞的中老年人来说，最美的音乐终其一生没有意义。

刀在心口之上。“东方的白夜呵，广漠的四野因你昏睡/人类从未有过如此长久的混沌/笼罩孔子、愿跟你同归于尽的穷民/如今又收受青春的燃烧和馈赠/……因为林昭死了，东方的微笑已经死了/没有人死得这么勇敢，也带走了勇敢/留下一村的香火，势利和怯懦，阿门。”要关注身边新的微笑和勇敢，并成为微笑和勇敢。

“我在你们中间行走，你们却看不见我……”“你们都背叛了我。”十几年前的句子，在乡间突然被唤回来了。想到自己写过这样的句子和这样的人生，不免有些怅然，又有一些骄傲。跟朋友在小桥流水间行走，朋友突然吟诵何其芳的《预言》等诗篇，让人共鸣。记得自己和他人的话，或者是我们人生最好的意境之一。

我们的文化是一种风教又是一种诗教文化。唐宋以来，历代君王几乎都能诗。民国的政治家们同样个个能诗，从袁世凯、孙中山到毛泽东也能诗。不读诗写诗的人能算性情中人吗？肯定是一个疑问。无论如何，诗可以展示性情，人的心地、抱负、愿景。

在我们的叙述形态里，论理抒情居多，纪传则少。这样规避人生社会事实的好处是，我们多显得是有学识的，成材的，多是横空出世的；我们不用交代生存的正当。德国人曾反思，经过国家社会主义，他们的叙事传统中断了，因为普遍的罪错使代际传递，上代人向下代人诉说的最原始形式，承载巨大的心理包袱。

有人说，我们这个诗歌大国半个世纪以来盛产的都是小诗人，至今尚未产生出跟我们民族历史及个人魂灵相应的诗篇，其原因在于大家都“摩登”，唯新是尚，与时浮沉，而在心智、灵性上跟东西方文明的伟大传统相背离了。这话自有片面的深刻性，以此角度看我们的其他领域，虽然号称开放，我们很多人的心智却实在是封闭的。

对真正的青春和精神而言，任何一个时代都是糟糕的，可诅咒的，都让人痛苦。这是文学、精神乃至青春的永恒之处，也是其真实美好之处。诗比现实更真实，因其抵达、唤醒并安慰。青春也比凡俗更美好，因其追问、反抗并创造。精神比身体更敏感……但是，“你给我生命，我拿他怎么办？”

十年前的这个月里，我写了一组诗，其中的《歌拟奥登》可能最为人知。昨天有人提示了这首诗，人生实难，世道多歧，我生命中的十年已经过去了。我已经很少或说不写诗了。“我本来是做梦的，却深入现实的漩涡，有时候寂寞地回首，我们看见了花开花落。”

里尔克的诗：“此刻有谁在世上某处哭/无缘无故在世上哭/在哭我//此刻有谁在世上某处笑/无缘无故地笑/在笑我//此刻有谁在世上某处走/无缘无故地走/走向我//此刻有谁在世上某处死/无缘无故在世上死/望着我”。

有朋友用我多年前的诗句问候：“我爱过少女，孩子，都市和乡村/我爱过宁静等死的黄昏/还有抬起双眼绝望得空洞的人们/造物主可会留意拯救的可能/他的目光曾热切地注视过他们/但没做什么，如今他又走入梦境”。以冯至诗作答：“仿佛鸟飞翔在空中/它随时都管领太空/随时都感到一无所有。”

第四部分
个人选择

自由

我无能用中文说出那个字，在这里，那个字的人性思想和宇宙逻辑仍属于英语、法语等大陆中国之外的世界。在华莱士的故事几百年后，英国才有了决定意义上的大革命。据说，在那次光荣革命中，流血无可避免，当国王的头被砍下来时，围观的观众听到了一声抑郁的悲叹。这种叹息大概也跟华莱士死后的场景相似。没有喜的内心也没有悲，使我们从无明中现身、凝固并永恒。

超越格局，才可能有真正的创造。那些参天参地的辉煌，原非世俗的我们能够想象。当有人问及修行何以“要在山居”？“学问何故不向城邑聚落”？弘忍大师说：大厦之材，本出幽谷，不向人间有也。以远离人故，不被刀斧损斫，长成大物，后乃堪为栋梁之用。

自由不免费。（Freedom is not free！）“自了汉或自由民当然有幸福快乐，祥林嫂甚至捐过门槛，阿Q也在未庄的天空下唱过革命的摇滚。……个人的不幸不说，就是家国天下，君子之泽三世而斩。说到底，即使做了自了汉，做了自由民，自己一生赚到了，但他们的血缘同胞崩盘式的命运仍给他们烙印了蒙昧、罪苦、耻辱。”一个盲人就让很多人感受到了，也有人仍麻木着。

在工作生活的诸多领域，包括读书思考，要免于外界的污染、荼毒和刑罚，当然不是勿看勿听勿言一类的苟活。遁世无闷，苏世而独立，这就是庄子指明的“间世者”，这样的人间世，才有益于世道人心。佛法说罗汉菩萨，则以智慧化解一切外界的罪苦和毒害，还周围一个圆满清朗的笑容，则是同样的大成就。

很多年轻人的理想是尽快实现财务自由，但据观察，绝大部分实现财务自由的人并不自由，而是陷入了名声、情感、友谊、欲望、信息等各类纠缠之中。几个年轻人聊起他们尊敬的一位兄长，说他自讨苦吃，把自己搞得累不说，还成为圈里的谈资：用俗话说，放着好日子不过，偏偏要这么折腾、较劲，真是自己作孽。

文明沟通介质的转移，能出现自由人的自由联合吗？人们能够自信地成为思想知识的生产地，成为资本的供应者，成为权力的使用者。而现实中我们都太习惯了这类现象：他有权但管不了，他负不了责；他有学问但缺权威背书，他的观点没用；他有钱也只是他的钱，他不是也不敢做市场或你我他的“润滑剂”。

第四部分 个人选择

自由有很多定义。其中之一是，只有以最大的诚意，以自己不折不扣的诚意来生活并评判世界，才能获得真正的自由，这不仅是作为人的目的，也是其义务。

人間世

个体自觉

在漫长的转型中，专制千疮百孔了，释放出混乱的自由，世家、君子、大人退隐，圈子、尚黑尚厚之党、小人们粉墨登场。历史有其目的意志，但历史不仅活在理想者的头脑里，活在权贵们的较量中；孔子们会感叹，传统天地倾覆，大往而小来，近代史是小人、女子或国民真正走上舞台的历史。有人称之为个体自觉。

年轻时多文学啊，众多的词语涌进心中。“正是启蒙运动以来的历史和理想告诉我们，天地间最伟大的事业，莫过于做一个人。因为‘一般者’还不是人，因为学者、大师、政治家、巨富还不是人，因为名利包装的还不是一个人，因为人实际上是你，是我，是为那个全称的极远之你所完全映照的我。”充分的社会化和充分的个体化。

对精神个体来说，他所拥有的不过是问题意识和精神的存在品质，只有如此纯粹，他的言路思路才跟社会上的有心读者沟通，才能有效地服务于社会，如此而已。宅在亭子间的鲁迅，在死前写过《这也是生活》，为此辩护说：外面的进行着的夜，无穷的远方，无数的人们，都和我有关，我存在着，我在生活……

经典多一目了然。现实中那些经典的人物及其作品却很少为我们意识到，虽然时尚、市场或各种界、坛的“净坛使者”一直都在推介，但真正独立的个体却不为所动，成长的心灵也会不断发现自己的上当受骗。认出正在进行时的经典品性几乎是我们自身的人生成就，这对双方来说也多半是寂寞的。

年轻人在一起议论，他总在追逐世界大事，但看多了听多了真没觉得有多大意义。另一人说，他也时刻盯着外界，像是为外界而活，总希望外界来跟他发生什么关系，遗憾的是，他活着，世界只是要他支付活着的账单……有人总结说，看来真正重要的还是自己的生命，只有个人的生命创造了历史，世界才堪称重大。

据说中年人都应该注意自己的形象，这也是个体自觉。就个人一生的成就而言，身心健康是一个重要标准。祛除病痛和亚健康需要长期的修行。佛陀修行能呈三十二相、八十种好。文明的演进，其成就之一，在于个人能够告别仇恨、戾气、轻浮、狭隘……自然地呈现为慈悲、优雅、欢愉、智慧……等诸相诸好。

今是昨非。一想到跟年轻人分享的人生经验多是自己近年甚至前不久才获得的，就不免沮丧：他们如何才懂得这一来之不易的经验呢，我又如何面对自己充满曲折和错误的过去呢？倒是一年轻朋友宽慰我说，你的“今是”是更大范围的有效性，你的“昨非”是当时自足状态中的正当性，何况分享本来就是功德。

一个社会的结构一旦定型，个人的流动性空间窄小，社会就类型化脸谱化了。文化人的任务，至要者在于唤起社会的个体自觉，将自己和社会个人的灵魂画出来，而非画脸谱。虽然，画出这沉默的国民的魂灵来是难的，但招魂仍然值得，它是我们民族千百年来的文化主题，它是自由的先声，也是自由本身。

个体自觉会有很多收获，其中之一是认知自己的有限性。一个自我中心的人，是周围也是自己的灾难。虽然，等级、特异、专制、自卑、占有感、优越感等等，乃至投靠权贵、知识或资本的势利、自我加冕的虚荣，是我们人性的一部分。意识到自己人生路上的这种阶段性，我们才能更平实地看待世界。

年轻朋友在一起议论，有人说他看到很多成功男的薄情，他们对外人亲，对自己人“狠”，他们是慈善家、公益活动家，是精英，却很少亲近、救拔周围，不少人跟周围关系很淡，甚至很僵。有人感慨，我们自己也要警醒这一现象，这是三十六计中的“远交近攻”，我们几乎都是这一计谋的运用者或受害者。

第四部分 个人选择

有人说，经常看到那些贪官、奸商身边都会有一两个大善人或很傻很天真的人，看到他们善待后者很让人匪夷所思。有人大笑，这有什么奇怪，坏人永远不知道自己是坏人，他们需要实证自己天性中的善良一面还在；好人也以为自己能够出污泥而不染。我们普通人不也希望有一两个纯粹者、修行者做朋友吗?

用一句俗话，做一个思想者是大丈夫事，非将相人士所为，非分享时代发展红利者所为。先知奥威尔们早就说过：我们正进入一个这样的时代——在这个时代，思想自由将首先是一种死罪，然后成为一种毫无意义的抽象行为，独立自主的个人将被消灭干净。

信念

有一个企业家皈依后，对他的师父赞誉有加，遇到一个海龟，他对海龟说，他的师父是仅有的懂国学的三个人之一。海龟笑了，如果国学只有三个人懂，我们要这样的国学做什么用呢？跟内心的关系，有宗教解答；跟客观世界的关系，有科学解答；跟社会的关系，有民主政治解答。师父只是帮你长大啊……

英雄一词在现代有着不同于传统的含义，现代人理解的英雄是要立足于个人本位或说生命关怀。这也是中国诗人多年前曾经宣言过的：在没有英雄的年代里，我只想做一个人。现代人理解的英雄多是爱因斯坦、甘地、德兰修女、里根、戈尔巴乔夫、比尔·盖茨、乔布斯……是那些在宇宙观、人生观、国际社会、生活和生产诸多领域提供产品的人。

据说阿伦特遇到年轻人、并从后者的谈话中看到一个新的希望时，她都会习惯性地低声念起歌德的诗：“因为他们又从地下喷涌而出了，一如既往无止无休。”我们在此情境中也会有类似的表达，甚至甘愿为之前趋，修直他的道路。欧阳修遇到苏东坡所说，“老夫当避路，放他出一头地也。”尽管未必如愿，但新来的本身意味着神圣。

阅读的救济。我曾在一个再现四百多年前北美农庄的地方，听美国人讲其祖先创业，漂洋过海，在新大陆开垦，长年累月只有一家几口人相依为命。我问他们何以支撑，何以没有蛮化。答案是，他们靠一本圣经活了下来。后来在国内一些人家，看其家徒四壁、几无片纸真是心酸，但他们多能光棍般地自豪祖先的光荣。

对现代人来说，那些傍着国家民粹一类大词的人极为可疑。他们能代表、绑架国家，他们也敢绑架我们众生和人性。真知和生命价值即在于超越这些自大或为人加冕的概念；如果价值顺从这些概念，价值就会变得脆弱难保，扭曲变形。哲人说过，在一个绝对正确的革命之上，还有一个绝对正确的人道主义。

一般人爱说，现代社会是学习型社会。其实，文明即是学习，学习是最深刻的价值。一部《论语》，千言万语，孔门弟子事隔多年编辑的老师语录，第一句即是“学而时习之，不亦说乎”，说明孔子及其儒门众生明白学习是一种至上的价值。但我们很多人学而不习，跟“孔颜乐处”比，我们人生的忧患是过于深重了。

对一个早熟的文化来说，现代社会的过度消费特性是一种灾难。思想者和艺术家们不无绝望地发现，对自己和周围生活的认知容易、批判容易，难在如何改变自己的生活。幸运的是，迄今为止，对现代性的追寻和批判仍是检验文明社会和人格成就的标准，甚至是唯一标准。我们不可能自绝于文明，而另设一个中国标准。

在沉闷、干枯的日子里，马丁·路德·金那样雷鸣般的声音称得上是生命的活水，他站在大家面前说：“我们没有错。我们要做的事没有错。……如果我们错了，这个国家的最高法院也错了…… 如果我们错了，万能的上帝也错了！…… 如果我们错了，拿撒勒的耶稣就只是个乌托邦的梦游者，从来也没到地球上来过！如果我们错了，正义就只是一个谎言。”

当年刘少奇劝说，饿死这么多人，历史要写上你我的，人相食，要上书的。现在有人问，你不欺负某人会死吗？有人说，这样的人若死，有人会下地狱的。……从那时到现在，一些人并无历史感、地狱感。信、望、爱在这样的人面前作用不大。

用英文写作的哈金具有我们时代罕有的勇气，他曾写诗说：“别没完没了地谈论种族和忠诚。／忠诚是条双向街。／为什么不谈谈国家怎样背叛个人？／为什么不谴责那些／把我们的母语铸成锁链的人？／……／你被困在其中，半死不活，／像宠物一样去服从和取悦。／所以我宁可在英语的咸水里／以自己的速度爬行。”

第四部分 个人选择

皈依

有居士劝一作家皈依，该走了，该跟这个世界再见了。作家说，我们也皈依了，只是形式不同而已。再说，我还有一些未了心愿，还有亲友需要照顾。居士大笑，难道你还想在红尘中打个滚吗？作家说，也许做红尘中的冷眼就是这一生的宿命，缘未尽，心未了。居士感叹，这算什么皈依，还是发心不够啊。

向死而生。文明的核心都是尊重死者，以死为大。前年夏天，去一个少有人攀登的山上，看到百年前的先民刻石作仪，大概是说在此馨香祷祝，使游魂有所归宿，天地得以安宁；我当时很是畏悯叹服，自觉生存的重大。但也有例外：亲戚或余悲，他人亦已歌。死去何所道，托体同山阿。我们时代的冤魂将归于何处？

一个年轻人说他万念俱灰，因为没有什么什么所以活着没有意思。朋友劝他说，无论物质、声名还是他人，哪怕你的亲人爱人，都不是你的救世主。你只有自身长起来，你才能温暖自己并给周围提供有效的服务。惠能大师说，本自具足，能生万法，你自己过得健康，为什么要依傍外界呢？为什么看了外界就绝望呢？

人的生命是脆弱的，在世间的压力面前总是难以安顿身心。“百虑交锢，血气靡宁”是我们的常态，有时恨恨地想，放下一切，“索性做个和尚”。但做和尚需要更大的勇气，不免羞惭。一作家居士说他举意皈依时恋恋不舍，最后放声大哭，像孩子样满地打滚，两三个小时后起身，他在心里说，我跟俗世的缘分断了。

第四部分 个人选择

救赎

生命真正的德行在于自洽，即德行在于它本身所具有的内在价值，这种价值甚至溢出来，温暖照明周围。德行本身的内在满足是其报酬，在无知己时也是它唯一的报酬。但在伪劣的世道里，人们以为德行有价，它是换取功名利禄的工具，因此，世俗名位利益就成了衡量德行的尺度。不过，人们又会感叹，这样的时代多么缺德啊。

为什么要研究社会交往，对我个人来说，是从繁华的都会文明中寻找个体生存坚实的东西。我们都在其中冲浪轻浮不义，但我之罪性或共业仍可救赎。古之学者的日课如“黎明即起，洒扫庭除”，甚至朱熹说“半日静坐半日读书”，等等，是我们已经陌生了的生活方式。但愿有学者能对此种种生存模式有扎实的研究成果。

没有自我恐惧修省一类的人生习惯，我们就很难完善自己并读懂他人。我们看到的他人并非他之所是，而是我们愿意理解成的那个样子。即使我们知道误解，我们仍会误解下去。个人生活为类型化的个体模样遮蔽为麻木或空无。要画出吾人或这样沉默的国人的魂灵来，是难的。

但除了普通人所走的普通道路外，一切激进的或乡愿犬儒的手段都证明是罪错参半，都证明了其带来的问题比解决的问题更多。

沉溺于精神世界的人容易忽视现实，思者不群，舞者无依；但这种对自己的斗争、救赎会成为现实的力量，人类在个人的每一种伟大里都获得一个更新更高的标尺。尼采如此激赏歌德："做地上的王者，这也是我和众诗人的事业。"而比尔·盖茨和乔布斯等人的事业典型代表了美国式的王者，他们的精神确实更新了我们的生活。

对一个心灵封闭的群体来说，每一代人似乎都觉得自己较前人进步得多空前幸福得多。我们更是理所当然地否定他人前人。作为光荣属于过"80年代的新一辈"，我们曾那么幸运地俯视过兄长一代。转眼间，我们就被新人类、新新人类取而代之，我们据说是落伍了没戏了。人们连把我们当做研究材料的兴趣都没有。

牟宗三等大哲感叹一个世纪以来中国都是材料，少有形式。这个只能做材料的世代还将延续，因此苟且者众多。但只要我们能意识到这一点，我们仍能做出自由选择，并赋予我们生活形式感。我曾称赞电影导演王兵，是那些可以给予人们生存形式的同胞之一。

人生也有各种“次第错误”。比如成长时期经受的污染和匮乏，使得我们很多人“暴起一时，小成即堕”，无知于至善明德、人生的灿烂或次第花开。有人如李敖甚至从斗士沦为“乏走狗”，更多人成为了妄人而不自知。只有对自己诚实的人才会寻找救赎，台湾的林其蔚先生说：“我自己花了很多年的时间在做自我治疗……”很让人感动。

听说电影《武训传》解禁，真不容易。我曾经说武训是大阿罗汉，有佛教徒纠正我说他行的是菩萨道。“是对于一个总以文明悠久灿烂自居的民族的绝大讽刺；这个民族上层成员的全部自得，在无数无明无知的同胞，首先是在无数文盲的同胞面前都得大打折扣，在武训和武训们的努力面前都黯然失色。”今天的中国也有武训式人物。

最纯正的心灵在我们的时代感受最为悲哀，我们似乎只能经受并演绎“日常生活的悲剧”而无能为力。但仍有人以各种方式庄严、弃绝、献祭、殉难。他多年来的所有自然地化成一次行为，成为犬儒社会里壮丽的人性景象，一如大晴天骤起的风暴一样蔚为壮观。有人感动，有人羞愧，有人无动于衷。

有朋友议论，我们多活成了遗老遗少，其实我们也多是在地狱炼狱中挣扎过正在挣扎的寻常男女，看看现实，很多人都活在人间地狱或内心地狱之中。有人回应说，我们多数人看过地狱归来，失掉了信念，从而掉入无明的轮回之中。自觉觉他，最重要的，像朋友所说的，是莫失莫忘自己和他人的善良。

最孤绝状态下的精神会做何想？“也许整个大而热闹的世界只是等待我的死亡。”但我们仍能够不依傍万有地开放自己，我们通过自己的展开跟世界建立起联系。有人自嘲说，他在无望的日子里思考就像是玩火一样。

第四部分 个人选择

信仰

一直有人说信仰可纠正时弊，我国有八千万的党员，据说还有以亿计的基督教徒，几千万的佛教信徒，以百千计的儒教信徒……吉本在《罗马帝国衰亡史》中说：流行于罗马帝国寰宇之内的各式各样的宗教信仰和膜拜，一般人民看来都是同样灵验；明哲之士看来，同样荒诞；统治阶级看来，同样有用。

“但生命的书已翻到最珍贵的一页，这一页比什么都神圣。已经写下的就应该实现，就让它应验吧。阿门。”你看，时代的流逝像寓言，在流逝中会化为火焰。为了证明其博大深远，我将甘愿受苦，走进坟墓。我走进坟墓，三天后复活，所有的时代将从黑暗中涌出，像木排，像商队的木船，依次拥来，接受我的审判。

清明时节，想起农耕文明对人生最高的态度，万般皆下品，唯有读书高。家里出了能读书会读书的人，是亲友邻里的大事。祭祀先人时，多会由长辈带着大家向列祖列宗通告：感谢祖坟冒了青烟，家里出了读书种子，希望继续保佑我们家，到时候光宗耀祖……在工商文明的资本和技术面前，这种光荣已是羞于提起。

在网上搜李健吾（刘西渭）的一段文字，百搜不得。手头没有他的书了。二十年前抄录过，如今怎么也记不全了。当年曾极为喜欢他的文学批评。虽然很多时候习惯了自铸新词，但仍尊重那些真正原创的作者，愿意忠实地复述他们的话。温习他们，他们活着，这样的历史叠加一如信徒们说的加持，是生命能量的藏用不竭。

有年轻人跟着长辈上坟，见大家郑重其事地焚化大面值的冥钞，还有拿着“银行卡”焚化的，忍不住说，银行卡得要密码啊，没有密码怎么取钱，这不还是让先人缺钱用嘛。长辈责怪他，是那么个意思就得了，亡灵通神，有什么不能用的。年轻人问朋友，朋友答，礼节跟理性迷信无关，只要自性不失，姑妄讲讲也好。

正信或迷信，都跟人性难解难分。二者也可以相互转化，迷信者可能经过理性之转化，原教旨之信也会成迷信。一百年前纯正的教义，在今天多半显示其鄙陋的一面。我们安身立命的文明单位已经由地缘、血缘等部族、家国一步步迈向全球化的世界，原来的文化模式如不退位成为亚文化，就得接纳其他异质……

信仰生活中的感应、“看见”、神奇等等，于外人不可理喻，在自己也难以解释，其实是“无目的的合目的性”。精诚所至，金石为开。信则灵。信仰的力量如此“不可思议，真实不虚”，而能够踏入“同一条河”或不同的河流。在很大程度上，信仰之力属于我们人类仍在探索的“智能的本质”的范畴。

除魅

除魅是我们近现代史的一大主题。落实到个体这里，就是破除偶像崇拜，包括我说的类人孩的自我中心主义。保持独立自由之精神，不丧失主体意识，同时要去除自我中心主义，是每一个现代人的人生正义的内容。聂传炎先生甚至说，从群体、文化到个体，都要经历从自我中心到去自我中心，如此才有健全的自我意识。

封建主义曾被革命者控诉为压在我们头上的三座大山之一，而政权、族权、夫权、神权被称为“四大枷锁”……今天回看那段“革命”，一言难尽。革命的祛魅跟今天的招魂是历史的悲喜剧阶段，有人苦于摆脱压迫，有人苦于找不到主子。对苦难者是枷锁的，对暴发者成功者是极好的仪式、装扮。

第四部分 个人选择

一个武师跟他的朋友说，近年见了不少文化人，最大的感受是，这些文人心态不诚不正。武师说，你看这些画册，包装讲究、印刷精美，蒙骗谁呢，多是浪费资源。我们习武之人要讲心性，他们以大师的派头出来，人还未盖棺，就想定论。朋友笑说，不只文化人，就是政客也作此想此享；但只有死人才享有定论啊。

有年轻人恭维他的作家朋友清高。朋友阻止道，别。清高是人格、精神对世俗的理性态度，不同流合污；但并不意味着甘于清贫，你怎么知道我没向他人乞求过？你怎么知道我没低头？杜甫有诗，朝扣富儿门，暮随肥马尘。残羹与冷炙，处处潜悲辛……千古如斯，你懂得历史和生活，才能更好地理解我们生存的意义。

内省

“对我来说，肯定的，我是个儒者，但我不是儒教徒；我是一个基督徒，但我不是基督教徒；我是一个佛徒，但我不是佛教徒。……”现代社会，人确实可以不必画地自狱，人确实应该热烈地拥抱我们人类的精神。如此信仰，求仁得仁又何怨?

有人提醒过我，不要有野心。但我好像没有什么大的野心，六七年前，从网络到一些会议场合，开始有人称我是“思想家”，把我着实吓了一跳，这不是“黄袍加身”，而是“欲使吾居炉火上耶”。我好像跟湖南人沈从文的心态差不多，执着地愿结点儿文字缘，愿跟人分享我的读书思考生活，如此而已。

我确实并不热衷微博，虽然不少人说我是微博体的先行者。我理解的知识人的工作是在碎片化的生活中揭示出生存的真相和社会的本质，牢牢地守住自由的国土。“多一个人读奥威尔，就多了一份自由的保障。”这是知识人靠作品说话的功德和抱负之一。

我搜集《非常道2》中的那些人物，他们的人生好像多没有耽误过，好像一直在创造生命的价值和人类的财富，我们当代的生活方式和文明模式多是他们奠基的。但我们的人生多半小成即堕，或被耽误了。

有人注意到我作品不少，且多有响动，我说这很荣幸。每一代人都会在人生的展开中寻找、落实、认同；在西方现代化的过程中，几乎每一代人中都有众多的作家、哲人、学者为自己身处的时代立言立法，建构自己一代关于世界的总体性解释。我希望我的努力能够参与完成一代人的这一任务，能够使我们在这个变动不居的世界里立心立命。

活到今天，越来越理解孔子的人生，其中尤其理解孔子为什么喜欢颜回。人们都太聪明了，因此张狂、投机、势利，追求一夜暴发，三五年有成，或毕其功于一役。我多次告诫自己和身边的年轻朋友，要笨一些，勤奋一些，要做足笨工夫。

《南方人物周刊》日前发表了去年关于老子的一篇采访。老子、孔子都是自己时代的失败者，……这是一个成功学、成功人士大行其道的时代，男人多半羞于承认失败……应该平实地看待自己的“失败”。“事实上，我跟时代、社会一直相互轻视、紧张、抱有敌意。”

年轻朋友跟我交流，感叹体制外生存的困难：是一条绝路；恭维我说我能活下来是因为我有才华。我估计很多文章妙手听了这话会笑坏的。真的，我在这个社会能活下来与其说是因为我有才，不如说因为我还够笨。还有，上帝不掷骰子，命运严守因果律。歌德说：凡自强不息者，终能得救。

有人说我太过正经，可谓道貌岸然。我知道自己缺乏幽默感，自认为是地域文化使然，好像我们随州人都是天生老实的。春秋时代，楚国攻打随国，随国国君大为不解：“我无罪。”楚王的回答是：“我，蛮夷人也。”如此开战了。当年读史，看我们随国一国之主都这样笨实，禁不住大笑。

因为要主持四书讲论的活动，临时再读朱熹老先生的序说，让我想起周作人的话来：“我怕见小头目。俗语云，大王好见，小鬼难当。我不很怕那大教主，如孔子与耶稣总比孟子与保罗好亲近一点，而韩退之又自称是接孟子的道统的，愈往后传便自然气象愈小而架子愈大……”朱的焦虑感太强，重新收拾道统，仍不免使儒门淡薄。

有人跟我说，成功人士多给自己和家人在国外筑窟，问我何以不去国怀乡。我说，我写过《不出国门的声明》。再问原因，我只好没话找话地说，这就像穷孩子不愿到富家做客一样，我就是贱，愿意呆在这里。人们说，其实做世界公民也不错的，我说是的，做世界公民也很好。

第四部分 个人选择

我不是一个严格意义上的儒生，但自觉还算忠实履践孔子关于学习的教导。从青春少年到如今不惑，生存在很大程度上是一种学而时习的生活。年轻时只知道读书，每天在愉悦的阅读收获里入睡，如果没从书本上读到一些有意思的话，就觉得一天过得荒芜。这种经验，几乎是我们好学的几代中国人共有的人生经验。

写了半辈子文章，我的文章经验却难为外人道：落笔时仍像在受难、献祭，不敢轻薄，生恐唐突，害怕误导读者，有时候真不想干这营生，却又不得不继续这“人生的荆棘路”。中夜四五叹，常为世道忧。予岂好言，予不得已也。“我年轻时领略过一种高尚的情操，我至今不能忘掉，这是我的烦恼。”

一为文人，便无足观。少时看到此话曾发愿不做文人，对壮夫不为的雕虫小技不屑多顾，没想到最终仍靠文字吃饭，真是“历史的误会”。有时候看到文人无行，反省自己的文人气，真的是恨得咬牙又无可奈何。好在文字固有尊严，它默照为文者的心性；虽然，十有九人堪白眼，百无一用是书生。

高尔泰先生在《寻找家园》自序中引用了我的话：“原来高尔泰就是我呀，或者说我们都是高尔泰。”但这几年过来，我发现自己错了：没有“我们”、“都是”，只有“高尔泰”、“我”。想起高先生，一生无惧于特立独行，心里真是五味杂陈。天涯寂寞，然而这才是自由的象征，才是美。噫，微斯人，吾谁与归?

培养一个好习惯不容易。在人生的日积月累里，勤奋、然诺一类的习惯是我看重的，只是我做得不够好。如果说自己有什么满意的习惯，那就是省思、阅读，读书和思考专注时真是如孔子所谓“忘食忘忧，不知岁月”。我大概是传说中的“笨鸟”，只记得一个要飞翔的指令，就这么一直飞了。

年轻时候曾希望找到一个“究天人之际，通古今之变，成一家之言”的人向他请教，或找到一个倾盖如故者聊上三天三夜，因为条件受限没能如愿。现在的条件包括网络生活多少实现了这种梦想，但曾经的短缺又面临当下“丰饶的贫困”。轮到我们给社会提供服务或精神营养了，常常会问自己，我们及格了吗?

有人说，拙著是将历史人物的介绍真正铸成历史散文的尝试，这在“历史热”和“民国热”如山海般的文字中是少见的。这一评价不低。但我写作时并没有想到要写历史散文，有《文化苦旅》在前，历史题材多成为文士们抒情的把戏。真正的历史散文确实需要更高的素养，在我心中，那是吉本、麦考利、卡莱尔等人浇灌的园地。

听到真心话不容易。这两天有朋友告诉我，你的文字精英意识太重，这让我反省了半天。《中国不高兴》批评我“知识精英”时我不以为然，我算哪门子精英？朋友的话却让我放在心上。左和右都说我是精英，那我就是了吧。我一直希望自己具有当代的人民性、公民性，把自己从一个作家锻造成为人民，看来还有漫长的路要走。

第四部分 个人选择

每次想到甘地对社会罪恶的描述："无原则的政治；无创造的财富；无良知的享乐；无品德的知识；无道德的商业；无人性的科学；无献祭的崇拜。"就叹气，不敢跟周围参照。而想到爱因斯坦的补充："不参与你确认的任何不义的事物。"就问自己，是否做到了。

人間世

十五/众我

连接

有人问我为什么抱有信心，我说我看到了很多很好的人，看看我过去的文字就会知道我致意过的众多同胞，三教九流，五方杂处，有这样那样的美德善行使我们的生活真实而有希望。只有睁眼瞎们才会悲观、吹毛求疵、自甘堕落……

有年轻人在我朋友面前抱怨他的女友，不爱交往，与世无争，挣钱不多却经常接济周围亲友……朋友说："年轻人，你不欣赏她为什么还跟她在一起？你肯定欣赏她，她有着令你不免羞愧的品质。古今中外的哲人在闹市里打着灯笼想找人，你女友是在阑珊处的人。在这个社会，她这样的人多么明亮啊。"

有个电台主持人告诉我说，她每次采访知识人，都必须在心里爱上这个人，才谈得上对其人的言路思路有所了解。这种心态让我惭愧。我自认对别人有同情之理解，但还未做到如此真诚。确实，我们唯一能够拥有的智慧，是爱和谦卑的智慧。

随手布施有点儿意思。几年前我从福建背一套经书到云南，自己还没怎么看就捐给了无为寺，捐后有些怅然若失。半月前把一套典藏的观音菩萨百态妙像图捐出去，两手空空如也地回家，倒有一丝小小的快乐。

我去年一年购书约五六百本，以为礼品送拙著和时著二三十种四百多本。我已经养成了一种习惯：每次跟人见面，我都会想，是否送他一本什么书。

因为阅读，我举意去看看作者。终成行时才知道不易，十几个小时的火车，近三个小时的长途车，从现代穿越……好在老先生跟一小伙子在县客运站等很久了。他问，北京来的客人？我们接上了头。听说我仅读了几篇文章就来看老人，小伙子不相信；老人傲然说，这种事古代多得很。小伙子因此志愿来接我去他们遥远的村镇。

曾有一个中年学者来京，吃饭时，我先给自己喝了几口酒，然后问出久想问的问题："请问，你跟夫人两地分居这么多年，你怎么解决自己的性问题？"这个天真、朴实而从不喝酒的朋友，脸一下子红了，他喝了酒。

病了几天，幸赖老村兄照料。刘刚兄及时赶来，三人联床夜话，像回到了青春时代。刘刚讲地方文化和史前文化研究心得，老村讲推背小说计划，真是精彩绝伦。在忙碌的社会里，能结下一段殊胜的缘分，也是福报。这令人想到苏东坡的微博式杰作《记承天寺夜游》：何夜无月？何处无竹柏？但少闲人如吾两者耳。

在承天寺拜访张天佑，一位口书奇人。天佑先生四岁时失去双臂，看他用口抄写的佛经，敬服不已。天佑先生不愿谈其奋斗精神，他更希望自己的艺术得到注意。他有成就了，人们多锦上添花，却只谈他的精神；如当年在杭州街头卖字时能有这样的关注，雪中送炭，该有多好。天佑先生说起自己的人生心得：忍辱。

前两天天冷，阴着脸从小区门口走过，门卫叫了我一声。我一回头，他一本正经地说，你写的书好！我的脸慢慢溶化，是吗，你真的看了。当然，《大民小国》，文笔好，关键是你是用心思写的，看了像吃了一顿好饭。我有些惭愧，写得还不够通俗。他说，还要怎么通俗，这样的好书不多了：看了能提气提神，能安顿人。

见人送书并非我自己想出来的交友方式，认真说来，这是向沈公沈昌文学到的习惯。沈公随身总是有书，见人即会送，一如宝剑送英雄。当年高行健获得诺贝尔文学奖，沈公搞了两套高的作品，把其中一套送给无名之辈的我，说我拥有大陆的二分之一。后来看他经常送书，有教无类，真是让人佩服有加。

一年轻朋友写信说，“最近来京述职，短暂停留，未能登门问候，还望见谅。”朋友感慨说，愿追求更真实的交流，现代人大多焦虑，皆因无真而起。我很高兴收到这样具古人之风的问候，我们都在职尽己命，能够中途欢聚当然好，一如古人二三素心人所为；只是世变日急，人生短促，我们得努力认知并解决各自乃至共通的问题。

用朋友们的研究方法，我测算自己的社会交往峰值，目前大概只能是五分之一左右。换句话，社会交往与居家自处的比例为一比五较好。只要超过这个比例，比如一周七天有两天以上去喝茶、活动、饭局……我就会生病，就会变成另外一个人，狂妄、矫情、抑郁……我就认不出我了。认识自己和做回自己很好。

答问

有人问我，是不是只有生活上的清贫才能保证精神上的独立？我说在发达社会可以不必如此；但在我们社会里，精神上的独立自由注定穷窘一些。就像孙文说国人不懂如何开会，胡适鲁迅说国人不会思考一样，我们很多人不懂得如何爱取、运用钱财。

有人追问我在碎片化言说中是否存有系统条理，我说当然，看看完形心理学或一沙一世界吧。一个台湾籍物理学家半夜发短信说："我看一大半《非常道》，必须赞叹你对科学与数学描述，掌握得很精准。"这让我想起当初是如何在数学史和物理学史中用力行走的。我比较喜欢的则是厄多斯这样的行者，而不是爱因斯坦或哥德尔。

有年轻人奇怪那些成功者为何不布施同事，还弱弱地问，不是说先富要带动大家共富吗？这种鬼话害了多少人啊。我要他去看看庄子“枯鱼之肆”的故事。做好自己的事吧，小心人家将来想起你来，看到你的精神心智仍是未成熟状态，会庆幸没有帮你，因为你的精神之种子已经瘪三了，你确实不值得人家援手浇灌。

昨天在孔夫子网答读友问。好多问题都严肃得很。有一个年轻人在当下生活的问题，我回答说：……技术层面上我是建议毕业之后，要准备五到十年左右的游学期，无论是继续读书还是打工，都当做人生游学的阶段。像朱光潜、陈寅恪等人年轻时条件也并不好，但他们能在欧美游学，快四十岁时才回国开始自己的事业。

有人问，为什么文学在社会上边缘化了，其实边缘化的还有学术、思想、精神等等。现代人通过政治来实现自我，故无青春期或盛世之中心明确，所谓的斯文都属于青春、专业或升平之小众趣味。现代人面临的中心乃现代性危机，没有政治表达，一切大德、学者、巨富、才子等等都只是他之自了，部分的自我实现，尚非普遍的现代人格。

在传媒时代，一切都似乎难以真正地了结。只是因为媒体的选择性，很多灾难不幸才假装有一个了结。杀人不死，救人不活。人生社会的爱与正义在当下都大打折扣了，但我们依然活着。真正的审判者是否该如无常？纠缠如毒蛇，执着如怨鬼，哪怕你铜墙铁壁；或如巨大的精神个体？伸冤在我，我必报应，使乱臣贼子惧……

有人问，边缘者是否太消极了，或说边缘旁观者是否人生的失败者？这种问题就是错的，对边缘旁观者保持尊重是现代人的基本理性。何况，在社会成熟得禁锢我们的身心之际，弃绝、退出流行，正信精进、自觉弘道等等，跟“短兵相接的战斗”一样是一种最为积极的生活，非上智大勇英雄豪杰而不能为也。

如果问我们社会最稀缺的品质是什么，可能仍跟三十多年前国人追求的一样，真实。生活的真实、细节的真实、历史的真实。从影视作品到作家创作到学者论说，多缺少中国社会生活的真实，反而是梦幻玄幻奇幻神幻魔幻一类大行其道，甚至我们争论问题，较真一下，其实各说各话，彼此缺乏真实的基础。我们没有共识。

鲁迅胡适之？鲁迅胡适的和合应是今天的文人之道，是启蒙运动以来的伏尔泰和众多的西方文人们：诗人之舌，人民的哲学家，英雄的歌颂者，风雅事物的最高鉴赏家，艺术的保护者，天才的知己，一切迫害的谴责者，宗教狂的对头，被压迫者的救星，孤儿的慈父，富人的学习的榜样，穷人的靠山，世人的典范……

有人问，有些所谓的“打黑英雄”像不像戴老板？这个问题大概未来才能给以准确答案。他们都没有人格，内心是扭曲的、病态的、残忍又卑怯的。那样非人性的生活到他们自已就中断了，他们不属于中国家世中的一环。“起太史公于地下，戴笠的行迹也只会归为酷吏猾吏之列，而人不得侠客列传，更不得列入世家。”

有朋友问我，你只凭写字，能养家糊口吗？我的回答不置可否。我很希望有更多的人来读书写书，十几年来，不少朋友纷纷进入各类体制，找个事做，坚持这条路的人寥寥可数。这条路是积极的，清白的，寂寞的。它最积极的意义首先在于救赎自己，让人获享了某种自由：真正劳动创造的快乐和自由。

有人问，在这个时代如何施展个人的才华，如何活出自性？这不是一个好问题。才华、自我一类并非孤立的光荣，而是跟世界有着血肉的关联。在当下，与其说要强调才华，不如老实回答自己跟世界的关系，请回答自己跟家庭、爱情、儒释道……之间的联系，简单地说，你来自并荣耀了哪一种伟大的传统？

有人问他的学者朋友，你外表儒雅谦和，是否只是大傲若谦，像一些成功人士一样，内心里自恋自负之极。学者答，对我们这样的孤魂野鬼来说，即使我想骄傲，我傲给谁看呢？才气、学问和思想，这些外在的荣耀仍要面对幽暗的内心和近乎异己的身体。在自己面前低头的人，有什么必要在他人面前骄傲呢。

有人问，你在《非常道2》一书的封面折页上向苏格拉底、陈寅恪、梁漱溟三位先贤致意，其中引用陈寅恪的话是，“默念平生，未尝侮食自矜，曲学阿世，似可告慰友朋。”但陈也是体制内的啊。我说，这样说就糊涂了。无论体制，哪里都有“仰禄之士”，你看今天的市场上也有仰禄者。陈是真正的“正身之士”。

朋友好意为我找到一个到德国生活一年的写作项目，不干事还有年薪，还能自由写作。只是我有过不出国门的誓言，只有敬谢。朋友说，你又不是伟大人物，伟大人物还写投降书，伟大人物也会翻云覆雨、睁眼说瞎话，你出国又不是瞎逑转，你出国生活一年有什么要紧。我只好苦笑，我愿意在这里活来着并看来着。

有年轻朋友要我传授一些人生的经验，我说，英雄豪杰的经验我不知道，但恐惧、怯懦、羞辱、孤独等心理都是正常的，克服它们是一个艰难的过程；至于对方，不要想当然，他们无知得永远无知……总之，要战胜的是自己。

有人问，是否不读时著为好？不然。尊重文化人的劳动才能真正尊重自己，以实现充分的社会化和充分的个体化。除了经典、兴趣，我建议读书人不要遗漏当下出版的公共知识产品；只有这样，我们才能触摸到当代作家和学者脉搏，向他们致意，一起推动人生社会的自我完善。

第四部分
个人选择

游思

有时梦里醒来，想起一些朋友，真是羞愧又怅然。昨天在家里突然由父母亲想到这些人类的精神家族成员，惭愧自己无有美好的话语来告慰他们，这样安静地度过一个黄昏，浮上来几句打油诗：慎终追远尚新辞，幽冥应感魂断时，梦上碧落黄泉路，心香一瓣松柏枝。

首善之区的一场暴雨，数十人因此致命。一时想到南方家乡的大雨，想到青岛德国人留下的城市排水系统、江西宋朝人留下的城市排水系统，百年、千年的业绩，如此当得起一个敬字。我们多有不敬，反而想到可以归咎于龙年老天爷发大水、六十年一甲子后的特大天灾了。

今天想念父母。好像也过了纯粹愧疚的状态，除了感恩、告慰，就是坚定于自己的生活。学生时代多骄傲的，是拿奖状回家给父母。现在的我和父母都知道，我是什么样的状态。云南诗人麦田有诗《妈妈在天上看我》：“而我更愿意相信/妈妈永远还活着/多年后的我/就是在天上看我的你。”这是信言的语。

到搜狐读书频道做客，受益不少，尤其是十年砍柴等人读拙著的观感让我获得了真正的“他者”眼光。我得牢记在这个世界上永远不要“自作多情”，如此生活和读书方能有所得。我当时说过要有人类知识的总量感，要在它面前保持敬畏；其实对我们身边的人尤应有慈悲喜舍。

在青岛三天，见到了杨志鹏组织开发的小珠山。朋友们赞叹不已，这个十平方公里、原本荒野的山水，如今是文明教化的殊胜道场。一个人十多年百折不挠做成一件作品，真是罗汉功德。我在《我们特立独行的乞丐》中把武训说成大阿罗汉，有人抗议说，他已经勇猛精进，成就菩萨道；人生如志鹏先生说，行愿无尽。

无家可归的孩子们。到外地几天，回京遇上首都机场关闭，被迫在郑州待了一夜。有人质问民航怎么还不能盲降，有人说这是难得的体验，有人跟机场管理人员争论……从愤怒、羞耻到无奈、平静，我们都一一经历。还有人说，多回北京一天有什么好，多做一天的吸尘器。到底哪里算得上家呢？

有一天在一座名山观光，其鼎盛时常住数千人以上，现在是国有资产，我突然意识到自己得了“时代病”：动不动以“发展”和“战略”来看待一切，我们都想把资源资本化。我们再没有传统的多元化生活，可以入住并老死山林，成为山中神仙、高人、野士，山水自然的一部分；而是挤入城里，偶尔来景点瞎逑转，到此一看。

曾跟吴思、力雄等人讨论在北京一个月需要多少钱可以维持生活，记得当时三人所说，都在两千元以下。七八年之后的今天，已经不知道跟人讨论这类话题是否还有意义。我能知道的是，年轻朋友的生存压力远超过人们的想象。在谋生的过程中，人生被耽误五年十年、自己丧失创造力和个性，等等，再正常不过了。

朋友来信谈回国感受说：“我们这一批人，位居要津的还是不少，然后又看到底层的生活状态，反差很大。这还不是主要的，最可怕的是不自知，……我印象最深的，与老同学聚会，是小城市的上流人群，回到家中，是旧城区的小民冷暖。同时经验精英生活，小康人群，与草民生活，感觉很怪异。”

一个共同体的上层是文青、哲学控、明星范……都不重要，重要的是，上层之间、上下之间是否形成了交往沟通的规则和共识。没有这类规则和共识，上层或共同体的代表们的特点就成为负面或反动，它或他们就以其文青等一类的特点构成了对文明的戏弄或挑衅。共同体因此跟个体一样难以长进、成熟并独立。

在国家大剧院的“中美文化艺术论坛闭幕音乐会”上，马友友、吴彤、梅丽尔·斯特里普等人的表演很是精彩。听到熟悉的“弥渡山歌”真是惊奇，让我想起在弥渡听人歌唱的场景了。我当时还写过几首打油诗，其中之一：一曲民歌夜曲看，男欢女爱本天然，若是前缘风流散，小河淌水心未安。

集中训练了二十多天，练习太极，很是受益。太极作为文明的最高范畴，由其上层人士保存、演绎、作用千年，后来的命运是被抛弃、流放、秘传、花果飘零；到元明清，它走入下层社会，后者热烈地接纳了它，并开结出多种多样的强身健体的拳法，从中领悟人生。“上士闻道，勤而修之。”谁上谁下啊?

听君一席，胜读十年。昨天去参加一席的首次亮相，真是受益。一席是想把我们的人文、科技、白日梦讲出来，有形式感，更有对讲演者的挑战。在短短的二十分钟内，我们能交代什么呢。真诚、创造。我们讲论我们所确知的，我们见证我们所看见的。无论环境如何恶劣，这个社会的年轻人仍在追梦，并在努力实现自己的梦想。

上个月给沈公昌文先生祝寿，沈公教我练功，如何排除杂念，说自己坚持了五十多年。在沈公的《八十溯往》一书中，俞晓群先生写道：“加上他早年从蒋维乔先生那里学会的‘小周天’，自我修炼之余……身体很好……”沈公的修为真实不虚，令人佩服。但我们的毛病是，闻而疑，或笑。真是“不笑不足以为道”啊。

把自己放逐到一个偏僻的县城里，深夜无事，在旅店读当地地方志。千百年前的缙绅、儒生们的心地一时生动起来，看他们咏山川形胜的才思，看他们面对民胞物与的善意，“邑之有乘，犹国之有史，所以纪事，所以法前垂后，而为人心风俗之纪纲也”……真是“千载以下，犹令人叹息”。人类的心性归止于至善，一切善意不灭，盖因另外时空的知己会来加持。

我曾称赞艺术家宋唯源先生“宅兹中国”。前不久他到山西一村落，记游说：“山深多隐密，古村少人知。……苦厄多避走，百有十户遗……相呼旧院落，老妪殷勤词。恭让举廉茏，斜倚土炕危。老夫前年死，儿孙久别离。无敢添挂碍，孤独自维持。七十多不便，四体日益衰。天明锄薄地，夜掌烛如锥。……半月无人语，三日煮一炊。今客来远道，敢问渴与饥。……”

人間世

众说一

薛涌说，标普降级，显示了金融的宪政功能。他认为，两党政治的重大局限是：政治家对选民负责，但选民则几乎对谁也不想负责。当这样的政治程序失控时，还有金融市场来履行钳制的功能：你们再这样像个被惯坏了的孩子，一天到晚就知道要这要那，却不想想自己应怎样埋单，那么你们的金融信用就会毁掉，很难再借到钱！

高超群先生的近作《当代中国的政治思想版图》值得一看，文章考察分析了温和国家主义派、自由市场派、政治民主派、社会革命派。高超群说：所有这些政治思想，都有着伟大的传统，他们之间也没有绝对的对错高低……罗马人说过：愿意的人，命运领着走；不愿意的人，命运拖着走。高超群说，他是乐观的。

冯军旗的《中县政治家族调查报告》表明，在一个八十万人的中县里，有二十一家政治“大家族”，一百四十家政治“小家族”。有人说，现代社会不再是专制独裁统治了，该研究政党、集团一类的统治艺术了。但在我们这里，血统仍是共同体基本的统治形式，谈法统、政统、道统者不免迂远得很。

阿兰达蒂·洛伊写有《印度的死亡在乡村》，控诉发展的异化：“前提是作为人，我们得比现在好很多，大家都乐意穿印度土布，能够抑制种种基本冲动——性、购物、躲避责任、恃强凌弱，等等。五十年过去了，可以靠谱地说，我们并未达到这种境界，连挨边都谈不上……统治我们的这些神是什么人啊？他们的权力难道无边无际吗？”

简直先生行文虽然多涉财经领域，却深入浅出、举重若轻，有人说一如“武林高手”。他“第一万次强调”说：“各发达国家的经济好着呢，完蛋了的是他们的公共财政。对人类而言最大的财富是什么？是自然环境，以及人之为人的社会机制。只要这两点没有坏掉，再大的危机都不过是媒体上的谈资。”

经济学家科斯已是百岁老人，“生命已然吃力”，看他努力把“有重要的话要最后对中国说”，真不是滋味：“如今的中国经济面临着一个重要问题，即缺乏思想市场，这是中国经济诸多弊端和险象丛生的根源。……历史已经表明，压抑思想市场会遭致更坏的结果。”我们是否只能沉思一时，或呜呼哀哉而已呢？

为什么富人们选择只“暂住中国”？用谢选骏的一个观点来解释，现代世界没有一个单独存在的“中国文明”。谢说，“中国文明已死”。今日世界的冲突，乃是同一个现代文明内部不同力量之间的激荡。富人们也明白今天的文明认同和归宿。只有腐儒们会去想象地方传统文明的复活和胜利，他们的孩子会反了他们。

前天见到一朋友，他在闲聊中多次提及了几个词，其中一个可以理解成为“政治伦理”。不仅当政者，就是持不同意见者或持自己意见者们也要有基本的政治伦理，只有守住了这种伦理，这些人才不是孤独的，才不是有量无力的。没有基本的伦理共识，大多数人都摆脱不了票友心态，摆脱不了文人习气。

俞可平说，政治制度决定公民素质，而不是相反。这是见道之言。传统中国深谙此情，故对上层人物及其规矩提出较高的要求，如其不能尽责或者自刑自裁，或者以独夫民贼被诛。同时，中国文化对民众从不绝望，因为剥落众所周知，世道人心浇薄，但万里冰封，春天不远。奚我后，后来其苏。这个后，可以理解为善治善制度。

张颂仁先生认为，我们今天面对的是一个大的中国现代问题，所以我们要不停地回顾中国现代最原始的那些初衷。他说，一百五十年前“同、光”年代改革的初衷是以为欧美的政治实现了中国上古“三代之治”，而不是为了追求变成强秦。中国传统也包括我们之前的几代人，我们要向这个传统学习。

大律师张思之曾得过“当代汉语贡献奖”，他的言路思路多值得回味。面对当今“律师执业维艰”的情形，他劝勉说，与其在绝望中偷生苟活，何如在希望中挣扎奋进？只要做得到自爱、自重、自强，区区“风险”算得了什么？“是气所磅礴，……生死安足论？” 文天祥之歌，何尝不应是今日中国律师的心声！

冯象先生认为，侵权是当今世界的生活方式，即便是“讲良心的好人”，查查他的电脑软件下载内容，也难保没有违法。全球化时代“中国特色”的伦理约束在哪儿呢?

众说二

有些人爱骂鲁迅，史航说鲁迅《补天》里预先勾画了这种人：女娲忙着补天，低头，在两腿间看到一个昂然站立的小丈夫，拿着竹简（刺痛了伊的脚趾），嚷着：“裸裎淫佚，失德蔑礼败度，禽兽行。国有常刑，惟禁！”女娲懒得听他话，竹简拿过去烧了，然后就看见那小丈夫脸上流下芥子大的眼泪。史航说，那是天地鸿蒙间出现的第一个2B。

柳鸣九先生回忆说，当年做学问，不少学人均视学术资料为“私有财产”，不仅自己的学术卡片，从不示于他人，而且“连自己看了什么书，找到了什么书，也向人保密”。这种精明与私心是很自然的，因为每一条材料都可以变成文章或论著。《非常道》出版后，不少人意外而质疑，是不知“时代不同了”。

台湾学者张铁志由缅甸的政治变革想到奥威尔。《动物农庄》的缅甸文版书名是《四条腿的革命》。缅甸人说，这本书很有缅甸风味，“因为他讲的是猪和狗统治国家的故事，而这种事在缅甸已经持续好多年了。”张铁志重复奥威尔的话说，文学与极权主义不可能共存，前者真实，后者依赖谎言。文学如果寄极权篱下而活，它便一无是处。

秦人马少方评论拙著说，1.人性是普遍的，中国人的喜怒哀乐和外国人的喜怒哀乐没什么不同。2.人性相通，历史也当有相通之处，但不同的制度环境造就人的思维方式行为方式不同。3.所以，《非常道》和《非常道2》对照着看，看到的正是不同制度环境下的人的行为方式，这与人性相通不矛盾，提示的正是制度环境在社会变化中的巨大影响力。

朱苏力曾称费孝通是上个世纪华人中最伟大的社会科学家，他认为费先生对儒家思想的贡献超过了新儒家们。多年前有老学者对我说，费心中有孔子，但他的文章实在是写得好。费孝通说，这个时代在呼唤新的孔子，一个比孔子心怀更开阔的大手笔，这个新孔子只有“在争论中才能筛洗出人类能共同接受的认识”。

现代科技促进了人们的沟通交流，提供了足够规模足够便利的视听信息和文化产品。但正如诺贝尔物理学家获得者、“光纤之父”高琨所说的：“正是光纤使那些真伪莫辨、良莠不齐的资讯得以充斥于互联网上，不分畛域，无远弗届。”要返回到一种正大有效的生活是困难的，也因此今天需要真正的力行者、示范者。

写有《盛世：中国2013》的陈冠中先生其实也是一个思想家，他在《杂种城市与世界主义》中说，今日世界主义的有效性更突出了，而“汉语圈至少有两种民族主义论述是缺乏世界主义信念的，一种认为大国崛起难免一战，一种预设了二十一世纪必将再出现文明与文明之间的对立冲突”。可能有人会说，这也太乐观了啊。这种乐观恐怕反对的人不少。

王蒙要跟读者讲政治，“如果我不写，不会有别人写了。”这种舍我其谁的心态就当聪明人也有悲壮感吧。但是，“我要努力把我见识过体会过的政治的、尤其是中国政治的天机娓娓道来。”“我还是写下了我认为应该公开也可以公开的天机。”这样的聪明何其扯。

邵燕君在《网络文学的意识形态功能之一种》中说，作为全球化体系内为资本主义提供最强劲动力的“大中华区”主体，中国，至少是生产“穿越文学”的白领网民的世界，早已是赫胥黎笔下的“美丽新世界”。“启蒙的绝境”和“娱乐至死”也是今日中国人深层的精神困境和文化恐惧，只是这个“美丽新世界”更具中国特色而已。

看了两遍《赛德克·巴莱》的梁和平说，这部关于尊严及其代价的史诗片一峰突起，将台湾电影与大陆电影拉开了很大的距离。和平先生说，他对导演在把握民族与种族冲突时不偏不倚的态度和理性精神很钦佩。花费十二年时间、动员两万人拍出一部电影，这在当下确实传奇，无怪乎有人说导演和电影都是“斯巴达克斯式的英雄”。

朱大可先生说，公共知识分子是一个伟大的称谓。他认为，中国公知的迅速崛起，跟这几年“中国问题”大爆炸有关。……现在的瓶颈是，人们对公知的信任度正在下降，而原因不仅在于公知自身的退化，也在于“粉丝群”的反叛。任何人一旦有了主体发言权，就不再需要“代言人”了。这是“知识分子终结论”的基本逻辑。

荣剑先生说，他就学的曲阜师范大学虽然是三四流大学，但因出了黄胜、于明、邹唤德三个高官“大秘”，一度名震齐鲁。但这三个官场弄潮儿，“邹唤德在早几年就进了监狱，夫人病死，可谓家破人亡；于明患肝癌终告无治，不得善终；黄胜现已如此，只能听候命运审判”。他的感慨是，官场把人变成鬼了。

高超群先生曾忠告说，“妄图通过施舍来获取别人好感的人，无一例外都会以失望而告终。”他说得相当客气。实际上，在我们的生活中，那些锦上添花的布施捐献已经越来越显示其丑陋、作孽、罪恶的一面。它既非公益、慈善，也非积德行善的义举，连沽名钓誉都算不上。它只是对暂时或表面光鲜的机构、人物们的势利。

宋石男先生研究李普曼之后感叹，除了天赋以外，是两样东西使李普曼成为他之所是：自由和自我纠错。在自我纠错中寻求自由，这就是李普曼和他的国家所拥有的至为珍贵的品质。美国人自己评论说，“李普曼是战后年月里出现的唯一全国性领袖。”一个知识分子是一个独立的政府，这话在李普曼那里庶几无愧。

资中筠先生说，“在中国的所有问题中，教育问题最为严峻。”在这位八十高龄的学者看来，中国现在的教育，从幼儿园开始，传授的就是完全扼杀人的创造性和想象力的极端功利主义。如果中国的教育再不改变，中国的人种都会退化，资中筠说：“这个过程，就像退化土豆一样。”

王安忆建议年轻人“不要尽想着有用，而更多地想些无用的价值”，不要过于追求效率：“我劝你们不要急于加入竞争，竞争难免会将你们放置在对比之中，影响自我评定。竞争还会将你们纳入所谓主流价值体系，这也会影响你们的价值观念。而我希望你们有足够的自信与主流体系保持理性的距离，在相对的孤立中完善自己。”

甘阳说，我们现在想问题、说话都已经被最近十年左右的东西套住了，我们很难跳出去。人类思想从来没有这么僵化过。而表象上是人类思想从来没有这样自由过。我们几乎没有想象力。我们不敢想象，我们还有可能生活在一个和现在的世界不大一样的世界。

人的自我实现要不断地去除自我中心化。有学者问道：“在公共领域中展示的，是哪一个你呢？作为发言者的你，是你的哪一个自我呢？即使匿名发言，也留下了你的踪迹，刻下了你额头上的纹路。在亮起来公共发言的舞台上，你愿意如何成就自己呢？”

众说三

在谈论辛亥革命时，余英时似乎不太时髦。他强调说，革命和暴力是两回事；清末没有什么所谓的新政；没有所谓的“改革和革命赛跑”局面。余还说，对中国未来不必那么悲观，十几亿人，每个人总有一些小空间做自己的事情。……千万不要心灰意冷，还要继续向前，各尽本分。

南方朔说文人作家，“他们看不见历史过程中的生灵涂炭及慷慨悲歌，而相信自己的破文章掷地有声，孙中山的性生活大过了他对历史的影响与意义，君主立宪这个早已被否的问题也被重炒，甚至连袁世凯、段祺瑞也都被翻案成了某种英雄。……文人知识分子都只会唱矫揉造作的小调，中国的民国史热，就是小调歌曲的大合唱。”

张远山先生的《辛亥革命百年祭》长文九易其稿，有幸先睹为快。他说，革命使普通民众和知识阶层有望摆脱政治伪信仰，恢复先秦常识和至高信仰……遗憾的是，“庙堂伪号虽除，僭主心态未去，江湖民众虽立，臣民心态未尽，模糊了辛亥革命的断代意义，增加了废‘帝’共和的历史曲折”。

顾则徐认为，今天流行的“社会道德不如以前论”有对过去时代社会道德的赞扬，是一种非理性的判断。“文革”时代的社会道德有三个特点，组织化、斗争化、表扬化，以组织原则和指示为是非标准，阴谋论盛行，父子、夫妻、兄弟姐妹相互出卖，社会道德失去底线。较起真来，今天好多了，尤其是“现在的小青年好，大学生好”……

有人曾经感叹国人无血性，但从春秋战国以来，到妇人一样的谋士张良，到书生蔡元培们，历史上还是有一些特异之士供我们纪念。胡平当年赋诗说：惜乎不中秦皇帝，毕竟渔阳鼙鼓来。纵有家书欺海内，奈何神像落尘埃。

刘慈欣先生说，“第二次大航海时代”仍然只是梦想，迟迟没有启动，跟当代社会的精神状态有关：“……表面看是政府的问题，其实是整个人类的一个精神状态，政治家和政府依照大众的世界观来行事的，这表现了大多数民众窝在地球这个安乐窝里不思进取的世界观，是很宅的世界观。”

横战的鲁迅可能没有想到他被人谬托知己或视若仇寇。“旧”的钱穆、“新”的胡适都起同情之理解，胡适晚年对人说：“鲁迅是我们的人。”